LES
MANUSCRITS DE SAINT-MARTIAL
DE LIMOGES

RÉIMPRESSION TEXTUELLE

DU CATALOGUE DE 1730

PUBLIÉE PAR

LÉOPOLD DELISLE

Membre de l'Institut

Administrateur Général de la Bibliothèque Nationale.

LIMOGES
IMPRIMERIE-LIBRAIRIE Vve H. DUCOURTIEUX

Libraire de la Société archéologique et historique du Limousin

7, RUE DES ARÈNES, 7.

1895

LES

MANUSCRITS DE SAINT-MARTIAL

DE LIMOGES

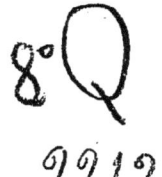

(Extrait du *Bulletin de la Société archéologique et historique du Limousin,* tome XLIII)

LES

MANUSCRITS DE SAINT-MARTIAL

DE LIMOGES

RÉIMPRESSION TEXTUELLE

DU CATALOGUE DE 1730

PUBLIÉE PAR

LÉOPOLD DELISLE

Membre de l'Institut

Administrateur Général de la Bibliothèque Nationale.

LIMOGES

IMPRIMERIE-LIBRAIRIE Vᵉ H. DUCOURTIEUX

Libraire de la Société archéologique et historique du Limousin

7, RUE DES ARÈNES, 7

1895

LES MANUSCRITS DE SAINT-MARTIAL DE LIMOGES

RÉIMPRESSION TEXTUELLE

du Catalogue publié en 1730

INTRODUCTION

La Société archéologique et historique du Limousin m'a fait l'honneur de m'inviter à donner dans son *Bulletin* une nouvelle édition d'un opuscule publié en 1730, qui a conservé le souvenir de l'incomparable collection de manuscrits formée au moyen âge dans l'abbaye de Saint-Martial de Limoges. Je me suis fait un devoir de répondre à l'appel d'une Compagnie dont j'apprécie de longue date les travaux et dans laquelle je compte plus d'un ami. J'aurais voulu, pour m'acquitter plus convenablement de ma tâche, soumettre à un nouvel examen les manuscrits de Saint-Martial que la Bibliothèque nationale a eu le bonheur de recueillir et ceux que le hasard des temps a dispersés dans plusieurs bibliothèques de l'étranger. Le temps m'a manqué pour procéder attentivement à une révision qui, je n'en doute pas, aurait encore donné des résultats, même après les travaux de M. Duplès-Agier publiés par la Société de l'histoire de France (1) et par la Société archéologique et historique du Limousin (2).

(1) *Chroniques de Saint-Martial de Limoges.* Paris, 1874, in-8° de LXXII et 429 p.

(2) *Chroniques de Saint-Martial de Limoges. Supplément* préparé par feu Duplès-Agier, publié et annoté par M. J.-B. Champeval, dans le *Bulletin de la Société archéologique et historique du Limousin*, tome XLII, p. 304-391.

J'ai dû me borner à réimprimer fidèlement le catalogue des deux cent quatre manuscrits que les chanoines de Saint-Martial possédaient encore dans leur maison en 1730 et qui tous, sauf de très rares exceptions, sont passés à la Bibliothèque nationale. A la suite de la trop brève notice consacrée à chacun des manuscrits se trouvera le numéro sous lequel le volume est aujourd'hui classé dans nos collections.

A défaut d'une histoire détaillée de la Bibliothèque de Saint-Martial, j'ai cru pouvoir insérer ici quelques notes empruntées en grande partie au chapitre du *Cabinet des manuscrits de la Bibliothèque nationale* (1) concernant l'une des plus importantes acquisitions de manuscrits faites au xviiie siècle par le gouvernement royal.

La collection dont il s'agit n'était pas très nombreuse ; elle comprenait à peine deux cents manuscrits, dont la plupart étaient dans un mauvais état de conservation ; mais les morceaux d'élite y étaient en majorité. Presque tous les volumes qui la composaient appartenaient à la période comprise entre le ixe et le xiiie siècle. La réputation en est d'ailleurs solidement établie. Plusieurs savants des deux derniers siècles y ont fait de très intéressantes découvertes, et malgré les travaux de plusieurs générations de savants, la mine est loin d'être épuisée : à chaque instant il faut recourir aux manuscrits de Saint-Martial, soit pour vérifier le texte des auteurs ecclésiastiques, soit pour étudier la liturgie et les origines religieuses de notre théâtre, soit pour essayer le déchiffrement des neumes, soit pour traiter certaines questions de paléographie et d'histoire de l'art, soit encore pour recueillir les légendes du moyen âge et débrouiller les annales du xie, du xiie et du xiiie siècle, soit enfin pour saisir les premières manifestations de la langue vulgaire. Rien n'est à négliger dans ces manuscrits, dont les gardes et les marges ménagent au lecteur les surprises les plus vives et les plus variées. On y rencontre à chaque pas des chartes, des notes historiques et des fragments de tout genre, qui souvent se complètent les uns par les autres.

Presque tous les moines à qui nous devons ces monuments sont à jamais oubliés. J'ai cependant recueilli une certaine quantité de noms de copistes et de bibliothécaires : je vais en donner la liste par ordre alphabétique, en y mêlant le nom de quelques bienfaiteurs.

A. DE BRUCIA, SUBPRIOR. Cet officier, qui vivait probablement au xiie siècle, donna un missel écrit en gros caractères et un texte des

(1) Tome I, p. 388-397.

évangiles ; ces deux livres étaient ornés de couvertures d'argent (1).

ADALBERTUS DECANUS. Il fit faire le volume qui porte aujourd'hui le n° 1969 du fonds latin. Au fol. 162 v° de ce volume, on lit : « Adal-» bertus decanus me fieri jussit. » Le manuscrit est du xi° siècle.

ADEMARUS MONACHUS. La vie et les travaux d'Adémar de Cha-bannes, moine de Saint-Cybard d'Angoulême et de Saint-Martial de Limoges, sont aujourd'hui bien connus, grâce surtout à la notice que le vénérable président de la Société, M. le chanoine Arbellot, lui a consacrée en 1873 (2). Nous savons par un article de la Chro-nique de Bernard Itier qu'il mourut en 1034 au cours d'un pèleri-nage en Terre-Sainte (3). Une note tracée peu après l'année 1034 mentionne les nombreux livres auxquels Adémar avait travaillé et qu'il avait légués à Saint-Martial de Limoges avant de partir pour son dernier voyage : « Hic est liber sanctissimi domni nostri » MARCIALIS Lemovicensis, ex libris bonæ memoriæ Ademari » grammatici : nam, postquam idem multos annos peregit in » Domini servicio, ac simul in monachico ordine, in ejusdem patris » cænobio, profecturus Hierusalem ad sepulchrum Domini nec in-» de reversurus, multos libros in quibus sudaverat eidem suo » pastori ac nutritori reliquid ex quibus hic est unus. »

Le volume au milieu duquel se lit la note ainsi conçue se con-serve dans la bibliothèque de l'Université de Leide, sous le n° 15 de la série in-octavo des manuscrits latins de Vossius. C'est un recueil de morceaux théologiques, littéraires et historiques, qu'on a souvent désigné par le titre de *Nomenclatura universalis*.

Adémar a mis trois fois son nom dans un manuscrit qui est récemment entré à la Bibliothèque royale de Berlin (lat. Phill. 93), après avoir fait partie de la bibliothèque du collège de Clermont à Paris et avoir appartenu à Meerman et à sir Thomas Phillipps. Dans ce volume, rempli en grande partie de sermons synodaux, dont M. le chanoine Arbellot déplorait jadis la perte, j'ai relevé ces trois souscriptions : « Scripsit Ademarus, presbiter indignus

(1) « Missale novum argentatum cum grossa littera et textum novum argentatum. » Note au commencement du ms. latin 5239. Voy. *Bulletin de la Société archéol. et histor. du Limousin*, t. XLII, p. 338.

(2) *Etude historique et littéraire sur Adémar de Chabannes*. Limoges, 1873. In-8° de 49 p. Extrait du tome XXII du *Bulletin de la Société archéol. et histor. du Limousin*.

(3) « Anno gratie M° xxx IIII° obiit Ademarus monacus, qui jussit fieri vitam sancti Marcialis cum litteris aureis, et multos alios libros, et in Jherusalem migravit ad Christum. » *Chroniques de Saint-Martial*, édit. Duplès-Agier, p. 47.

» (fol. 17 v°), — Ademarus, indignus monachus Engolismensis, in
» Egolisma hunc librum conscripsit (fol. 37), — Ademarus, indi-
» gnus presbiter et monachus, apud Egolismam scripsit » (fol. 57).

La signature d'Adémar se voit dans un médaillon dessiné à la
plume en tête de morceaux relatifs à la vie et au culte de saint
Cibard, au fol. 99 v° du ms. latin 3784 de la Bibliothèque nationale.
Les fol. 43-102 de ce volume sont les débris d'un volume dont l'exécution était due au moine Adémar.

A la fin de la première partie du ms. latin 2400, on lit : « Explicit
» liber Simphosii Amalarii, presbyteri venerabilis, de divinis officiis..,
» quem librum in hoc corpore transcribi curavit Ademarus, indi-
» gnus monachus, in honore Dei et sancti [Eparchii]. »

Outre ces quatre manuscrits, dans lesquels le moine Adémar est
expressément nommé, je crois pouvoir attribuer à ce religieux, en
tout ou en partie :

Le ms. latin 2469, qui contient les sermons d'Adémar sur les
fêtes de saint Martial, etc.

Un morceau du ms. latin 6190 (fol. 53-57), qui me paraît être un
débris de la première rédaction de la Chronique d'Adémar.

Le cahier du ms. latin 5288, qui contient la lettre écrite par
Adémar pour rendre compte d'une discussion soutenue en 1028 sur
l'apostolat de saint Martial.

Le cahier du ms. latin 13220, occupé par trois sermons en l'honneur de saint Martial.

Le tropaire, ms. latin 1121, à l'exécution duquel ont coopéré les
moines Adémar et Daniel : « Ademarus, monachus Sancti Marcialis
(fol. 58), — Ademarus monachus, Daniel monachus » (fol. 60).
Les trois vers suivants ont été tracés au fol. 72 v° du même manuscrit :

> O Daniel monachus prælucens dogmate Christi
> In mirabilibusque bonis tu sis Ademari
> Pertractans actis qui hunc biblum rite notavit.

Les feuilles de garde reliées à la fin du ms. latin 1978, débris
d'un vieux livre liturgique, contenant une partie des offices notés
de saint Cibard et de saint Martial.

J'expliquerai dans un mémoire spécial les raisons qui, selon moi,
justifient l'attribution de tous ces travaux au moine Adémar de
Chabannes. J'expliquerai aussi par suite de quelle méprise on a
voulu mettre sous le nom de ce religieux le ms. latin 2353.

AIMARDUS, qu'il ne faut pas confondre avec le moine « Ademarus »,
dont il vient d'être question. Suivant une note du xiiᵉ siècle,

Aimard fit un *livre fleuri*, renfermant la vie de saint Martial (1). Serait-ce une allusion à notre manuscrit latin 5296 A, qui contient la vie de saint Martial et dont les lettres sont extrêmement fleuries ?

AIMERICUS. Il fit disposer une pièce voutée dans laquelle les jeunes moines s'exerçaient à la lecture et au chant (2).

AIMERICUS DE BARRIO. Il laissa à l'abbaye de Saint-Martial un recueil de décrétales (3).

AIMOINUS. J'ai relevé cette note dans le manuscrit latin 5564 : « Aimoinus fecit hunc librum. »

AIRALDUS. Voyez plus loin, p. 13 et 14, au mot JOSFREDUS.

ARLEIUS. Voyez plus loin, p. 14, au mot PETRUS.

B. DE TARN, ARMARIUS. Son obit se célébrait le 18 mai (4). Geoffroi de Vigeois (5) parle de Bernard de Tarn, chantre de Saint-Martial, à propos d'événements accomplis en 1183.

BERNARDUS PRESBITER. A la fin d'un cahier écrit au xı⁰ ou au xııᵉ siècle (6), on voit une souscription, en caractères allongés, dont voici les premiers mots : « Duplex bonum est. Bernardus pres-
» biter, jubente Simone gramatico, hunc libellum scipsipsit... »

BERNARDUS PRIOR. Deux anciens catalogues de la bibliothèque de Saint-Martial (7) mentionnent un livre du prieur Bernard qui renfermait une exposition de Job, de nombreux sermons et d'autres bons morceaux.

BERNARDUS ITERII. Bernard Itier, qui naquit en 1163 et mourut en 1225, après avoir gouverné la bibliothèque de Saint-Martial pendant vingt et un ans, a été l'objet d'un travail étendu dans l'édition que feu Duplès-Agier a publiée des *Chroniques de Saint-Martial*

---

(1) « Septimo idus augusti, Aimardus ; iste fecit librum flor[idum], ubi » est vita sancti Marcialis. » Au commencement du ms. latin 5239. — Duplès-Agier (*Chroniques de Saint-Martial*, p. 286) a imprimé « librum florum ».

(2) « Pridie nonas februarii, Aimericus ; iste fecit armariam arcuatam » ubi scola legit et cantat. » Au commencement du ms. latin 5239. Duplès-Agier, p. 284.

(3) « Decretales Aimerici de Barrio ». Article 109 du troisième des anciens catalogues de Saint-Martial, et article 169 du quatrième. *Le Cabinet des manuscrits de la Bibl. nat.*, t. II, p. 498 et 501.

(4) Ms. latin 2135, fol. 191. — Voy. *Chroniques de Saint-Martial*, p. 255, 256 et 263.

(5) Bouquet, t. XVIII, p. 216.

(6) Ms. latin 1240, fol. 188 v⁰.

(7) « Liber Bernardi prioris, ubi est Job expositum, et multi sermones, » et alia bona. » *Le Cabinet des manuscrits de la Bibl. nat.*, t. II, p. 496 et 502.

pour la Société de l'histoire de France. Il suffira d'enregistrer ici les détails qui nous sont parvenus sur les soins que Bernard Itier donna à la bibliothèque de Saint-Martial.

Après avoir été sous-chantre du monastère (1), il fut nommé bibliothécaire en 1204 (2). Il fit relier en 1205 les volumes qui forment aujourd'hui les nᵒˢ 2770 et 2843 du fonds latin (3). En 1207 il ajouta un morceau à la fin du Térence, nᵒ 7901 du même fonds (4). Il recueillit en 1208 les nombreux livres laissés par le sous-prieur Geoffroi de Nieul (5). En 1210 il acheta le manuscrit latin 821 (6) et fit relier le manuscrit latin 2036. En 1212 il racheta une nouvelle collection de décrétales (7), et recouvra les livres qu'avait possédés un chapelain de la Souterraine, savoir : le Décret, les Commentaires de Pierre Lombard sur le psautier et sur les épîtres de saint Paul, et l'évangile de saint Mathieu glosé (8). Il acheta encore un volume en 1223 (9), moins de deux ans avant sa mort (10). Le catalogue de la bibliothèque de Saint-Martial que Bernard Itier avait rédigé a été publié dans le *Bulletin du Comité historique* (11), dans le *Cabinet des manuscrits de la Bibliothèque nationale* (12) et dans les *Chroniques de Saint-Martial* (13).

(1) « Anno M cc, Bernardus Iterii, succentor ». Ms. latin 5137, fol. 13. — « Bernardus Iterii scripsit, succentor ecclesie Sancti Marcialis ». Ms. latin 3549, fol. 18

(2) Cette date résulte de la note suivante, qui est au commencement du ms. latin 2455 : « Hanc prefacionem scripsit Bernardus Iterii, hujus loci » armarius, septimo anno quo factus fuit ipse armarius, in festo apostolo- » rum Symonis et Jude, anno gratie M cc x. »

(3) On lit dans le nᵒ 2770 : « Anno M cc v fecit me ligare Bernardus » Iterii armarius, et quatuor quaterniones ultimos qui antea non erant » mecum adjunxit. »

(4) « Explicit vita Secundi philosophi, quam scripsit Bernardus Iterii, » armarius hujus loci, anno M cc vii, quo incepimus sepulcrum sancti » Marcialis ampliare, mense septembrio. »

(5) *Chroniques de S. Martial*, p. 73.

(6) « Hunc librum emit Bernardus Iterii, hujus loci armarius, de Wil- » lelmo Martelli quinque solidos, anno M cc x ab incarnato Verbo. »

(7) *Chroniques de S. Martial*, p. 87.

(8) *Ibid.*, p. 86, et Bouquet, t. XVIII, p. 230.

(9) « Anno M cc xxiii, mense novembri, in festo sancti Odonis, emit hunc » librum xxx sol. et vi den. Bernardus Iterii armarius, vicesimo sui arma- » riatus anno ». Ms. latin 54, fol. 1. Voy. *Chroniques de S. Martial*, p. 116.

(10) « Anno M cc xxiii, vi kal. februarii, obiit B. Iterius, armarius hujus loci ». *Ibid.*, p. 119.

(11) *Histoire*, t. IV, p. 61-66.

(12) T. II, p. 496.

(13) P. 330.

CAROLUS REX. Charles le Simple donna à Saint-Martial quelques
livres qui avaient fait partie de la chapelle du roi Robert, et
notamment : « Evangelium ex auro et argento, duos libros divinæ
historiæ, librum pretiosum de computo (1). » L'abbé Lebeuf (2) a
cru que le manuscrit latin 609 était le traité de comput donné par
Charles le Simple. L'origine espagnole du manuscrit 609 rend cette
conjecture assez douteuse.

DANIEL MONACHUS. Voyez plus haut, p. 8, au mot ADEMARUS.

GAUCELMUS ARMARIUS. Gauceaume, auquel Bernard Itier succéda
en 1204 dans les fonctions de bibliothécaire, fit écrire plusieurs
volumes, dont trois sont aujourd'hui classés sous les nᵒˢ 1835 (3),
2406 (4), et 2428 (5) du fonds latin.

GAUFREDUS DE BRUIL. Geoffroi du Breuil, plus connu sous le nom
de Geoffroi de Vigeois, composa une chronique dont le manuscrit
original est décrit par Bernard Itier (6).

GAUFREDUS DE NIOLIO, SUBPRIOR. En 1208, Bernard Itier recueillit
beaucoup de livres de Geoffroi de Nieul (7) : on cite, entre autres,
les Décrétales qui lui avaient appartenu (8).

(1) Ademari Chronicon, dans *Monum. Germ. hist., Script.*, t. IV,
p. 125, l. 37.

(2) Note placée en tête du ms. latin 609.

(3) « Hunc librum fecit facere Gaucelmus armarius ad honorem et ser-
» vicium sancti Marcialis Lemovicensis. »

(4) « Hic liber est scriptus anno M CC II, pridie nonas aprilis... Hunc
» librum fecit fieri Gaucelmus armarius, ad honorem et servicium sancti
» Marcialis Lemovicensis. »

(5) « Hunc librum fecit facere Gaucelmus armarius ad honorem et servi-
» cium sancti Marcialis Lemovicensis ». La feuille sur laquelle se lisait
cette inscription a été indûment détachée du ms. 2428, pour être réunie
au ms. 2367.

(6) « Cronica Gaufredi de Bruil, ubi est epistola presbiteri Johannis, et
» Chronica Ricardi usque ad Julium Cesarem, et historia qualiter Karolus
» imperator expugnavit Hispaniam, et secreta theologie, et gesta pontifi-
» cum Romanorum, et vita sancti Pardulfi versibus composita, et versus
» Misse Hildeberti Cenomannensis episcopi, versus de sancto Aredio. Hec
» omnia sunt in uno volumine, necnon ex dictis magistri Franconis de
» ligno trium foliorum ex quo facta est crux Domini, et versus de imagine
» Salvatoris. » — Catalogue des livres de Saint-Martial, par Bernard Itier,
» article 47, dans le *Cabinet des manuscrits de la Bibl. nat.*, t. II, p. 497.

(7) « Tunc obiit Gaufridus de Niolio, subprior, de quo multos libros
» habui. » — *Chroniques de Saint-Martial*, p. 73.

(8) « Decretales... alie Gaufredi de Niolio. » — Catal. des livres de
S. Martial, par Bernard Itier, art. 109 ; *Cabinet des manuscrits de la
Bibl. nat.*, t. II, p. 498.

GERALDUS DE RIALAC. L'abbaye de Saint-Martial tenait de Géraud de Rilhac une belle collection de livres de droit (1); elle lui devait aussi un livre de médecine, le manuscrit latin 7094 A, sur lequel nous lisons : « Hic est liber sancti Marcialis apostoli, quem Geral- » dus de Reellac acquisivit. »

GISLABERTUS. Il donna un manuscrit de Raban (2).

GUILLELMUS DE CHANACO. Le cardinel Guillaume de Chanac, mort en 1384, légua plusieurs livres à Saint-Martial de Limoges, où il avait été moine. Parmi ces livres, il faut remarquer un exemplaire du *Speculum Sanctorale* de Bernard Gui, en trois volumes, dont le premier est aujourd'hui à Tours, n° 1014 du catalogue de Dorange, et dont le dernier forme le n° 5407 de notre fonds latin. Les clauses du testament de Guillaume de Chanac, relatives aux livres de ce prélat, seront publiées à l'Appendice. On y verra que trois des livres légués par le cardinal, le Miroir sanctoral, le Catholicon et les Méditations de saint Anselme, devaient être enchaînés dans le cloître de l'abbaye. Les religieux se conformèrent aux volontés de leur bienfaiteur. M. Guibert a bien voulu me signaler un acte dressé en 1388 pour constater que les trois livres ci-dessus indiqués étaient bien placés dans le cloître, sur un meuble en forme de pupitre et attachés à une chaine.

HELIAS ARMARIUS. Le bibliothécaire de ce nom qui figure dans le quatrième des anciens catalogues de la bibliothèque de Saint-Martial (3), ne doit être confondu ni avec Hélie du Breuil, ni avec Hélie de Lanche dont il va bientôt être question.

HELIAS DE BROLIO. Hélie du Breuil fut nommé bibliothécaire en 1264 (4). Il fit relier en 1265 dix-neuf volumes (5). Sa signature se voit dans le manuscrit latin 2406, au bas du fol. 140.

(1) « Libri Geraldi de Rialac : Decreta Gratiani, Codex, Instituta, Summe » legum, Digesta pandectarum, Novella, Digesta vetus, Digesta nova, Summa » decretorum, Compendium magistri Salerni de Salerno. » — Deuxième catalogue des livres de S. Martial ; *Cabinet des manuscrits*, t. II, p 496.

(2) « Decimo kalendas octobris, Gislabertus : iste dedit librum qui » vocatur Rabanus. » — Note du XIIe siècle, au commencement du ms. latin 5239.

(3) « Cantica canticorum Helie armarii. » — Quatrième catalogue des livres de Saint-Martial, art. 180 ; *Cabinet des manuscrits*, t. II, p. 501.

(4) « Anno preterito ego Helias de Brolio fui armarius. » — Note de l'an 1265, à la fin du ms. latin 1013.

(5) « Anno Domini M CC LXV, fui ligatus a novo cum aliis decem et » novem. » Ms. latin 1013, fol. 102. — Le ms. latin 315, qui fut relié en 1264, suivant l'auteur du Catalogue des mss. de Saint-Martial réimprimé un peu plus loin, est peut-être un des volumes dont il est question dans cette note.

HELIAS GUITBERT. Il est mentionné à deux reprises dans le quatrième des anciens catalogues de Saint-Martial (1).

HELIAS DE LENCHA. Il fut nommé sous-bibliothécaire en 1266 (2).

ISEMBERTUS ABBAS. Un livre de l'abbé Isembert, mort en 1198, est porté sur le quatrième des anciens catalogues de Saint-Martial (3).

JACOBUS JOUVIONDI. Treize manuscrits de Saint-Martial (4) portent une note d'après laquelle ils auraient été livrés en 1477 à la bibliothèque de Saint-Martial par l'abbé Jacques Jouviond (5). Je ne saurais dire quelle est la véritable signification de cette note ; car plusieurs des volumes dans lesquels on la trouve appartenaient déjà à Saint-Martial dès le xiie ou le xiiie siècle.

JOSFREDUS. A la fin d'un homéliaire du xie siècle, n° 3785 du fonds latin, on lit cette pièce de vers :

> Continet hic codex quiquid di[vina docet lex],
> Quo sit amore Deus simul et vicinus amandus.
> Hunc lege quisque sequi gliscis vestigia Christi,
> Vel qui siderei fieri cupis incola regni.
> Cernere nam geminas hic te laetaberis alas
> Quis (*pro* quibus) scandunt animæ celestia regna beatæ,
> Et quæ post obitum sit gloria Christicolarum,
> Vel quæ pœna malis maneat post vincula carnis
> Qui mandata pii sprevere salubria Christi.
> Hic quoque te rutilis codex circumdabit armis,
> Lorica, clipeo necnon mucrone chorusco,
> Casside splendidula Christi dextra fabricata,
> Possis hostiles quibus (*s.* armis) evitare furores,
> Horrida spirituum contempnere tela malorum,
> Et diras herebi flammas evadere nigri.
> Hunc (*s.* librum) fieri monachus Christo vehementer amicus

(1) « Duo libri Helie Guitbert... Proserium Helie Guitberti. » — Quatrième catalogue, art. 236 et 307 ; *Cabinet des manuscrits*, t. II, p. 502 et 503.

(2) Ms. latin 1013, fol. 102.

(3) « Liber domni Isemberti abbatis, ubi sunt duodecime lectiones de » festis et evangelia et collecte. » — Quatrième catalogue, art. 83 ; *Cabinet des manuscrits*, t. II, p. 500.

(4) Nos 315, 1813, 2056, 2303, 2372, 2455, 2637, 2768 A, 3154, 3572, 3885, 5230 et 9572.

(5) Voici la formule ordinaire de cette note : « Anno Domini 1477, » 20ª mensis junii, fuit hujus modi liber traditus librarie hujus modi mo- » nasterii beatissimi Martialis Lemovicensis per reverendum in Christo » patrem et dominum nostrum Jacobum Jouviondi, abbatem predicti » monasterii. » — Les auteurs du *Gallia christiana* (t. II, p. 564) appellent cet abbé « Jacobus Joviondi ».

Airaldus jussit sancto propriumque dicavit
Marciali, meritis pollet qui jugiter almis.
Quod si forte cupis studiose resciscere lector
Scriptoris nomen, hoc scripsit, scito, volumen
Josfredus, vestes puer indutus monachiles,
Pro quibus exora (s. illum) qui cœli condidit astra,
Ut careant pœnis quas sævus præparat hostis,
Regnaque sanctorum conscendant cœlicolarum.

MARBODUS. Le manuscrit latin 1993, qui est du XIIe siècle, se termine par cette souscription : « Obsecro, lector quicumque hunc » librum legeris, ut Marbodi scriptoris memoriam habeas. »

ODILUS. Odille acquit un exemplaire des expositions de saint Augustin sur les psaumes, qui appartenait aux moines de Menat en Auvergne : il leur donna en échange une copie de la Vie des pères (1).

ODOLRICUS ABBAS. Le monastère de Saint-Martial devait à cet abbé, mort en 1040, un petit texte des évangiles (2).

OLIVERIUS MONACHUS. Son bréviaire est indiqué dans le quatrième des anciens catalogues de Saint-Martial (3).

PETRUS ABBAS. Pierre du Barri, qui fut abbé depuis 1161 jusqu'en 1174, fit exécuter un certain nombre de livres sacrés et profanes, notamment plusieurs textes des évangiles (4).

PETRUS. Du temps de l'abbé Adémar (1064 à 1114), les Morales de saint Grégoire furent écrites par Pierre, sous la direction du moine « Arleius », comme l'attestent les vers suivants :

Abbati domno cœlestis lux Ademaro
Fulgeat eterno residenti perpete regno.
Felix Arleio merces reddatur in ipso ;
Scriptori talio similis sit in ethere Petro (5).

(1) Au fol. 1 v° du ms. latin 1798, on lit : « Hic est liber de armario » beati Maenelei confessoris Manatensis. — Hic est liber quem Odilus » cambiavit de illos monacos sancti Menelei, et dedit illis Vitas patrum. » — Au fol. 2 : « Hunc libellum habuit Marcialis beatus pro Romano puero. »

(2) « Quinto kalendas octobris, Odolricus abbas ; iste comparavit duo » pallia leonina et textum evangelii minorem ex auro. » Ms. latin 5239, fol. 3.

(3) « Breviarium Oliverii monachi. » — Quatrième catalogue, art. 291 ; *Cabinet des manuscrits*, t. II, p. 503.

(4) « Libros autem quam plures, tam paganos quam divinos, fieri fecit. » *Chroniques de S. Martial*, p. 12. — « Petrus abbas deu Barri, III textos minores de argento. » *Ibid.*, p. 288. — « Duo texti deaurati, qui fuerunt P. abbati. » Inventaire publié par Duplès-Agier, *Biblioth. de l'École des Chartes*, 4e série, t. I, p. 33.

(5) Ms. latin 2208, t. II, fol. 172,

Petrus l'Espanol. En 1214, maître Pierre l'Espagnol, quand il se fit moine, donna à Saint-Martial trois petits volumes, savoir : « Artem prædicandi, decretales Juste judicate, et quamdam sum- » mam super decretales » (1).

Petrus de Vertuol, armarius. Bernard Itier (2) lui attribue la construction de la librairie et rapporte sa mort à l'année 1211.

Ramnulfus. Il a copié une préface en tête du manuscrit d'Adémar, aujourd'hui conservé à Berlin, dont il a été question plus haut. La signature du copiste est en caractères grecs : « Ramnulfus me » crypsith ».

Rotbertus armarius. L'abbé Texier (3) a publié une inscription ainsi conçue : « viii kalendas martii, obiit bone memorie domnus » Rotbertus armarius ».

Rotgerius. Un ample recueil de séquences paraît avoir été composé à Saint-Martial, dans le cours du xie siècle, par un moine qui s'est nommé « Rotgerius miser peccator », sur le fol. 50 du ms. latin 1138. A une époque ancienne, le recueil a été coupé en deux volumes ; les cahiers, reliés en grand désordre, forment aujourd'hui les deux mss. latins 1138 et 1338. Pour rétablir le recueil dans son état primitif, il faudrait placer les cahiers comme l'indique le tableau suivant :

I. Ms. 1138, fol. 7.
II-VII. Ms. 1338, fol. 9-56.
VIII. Ms. 1138, fol. 15.
IX. Ms. 1338, fol. 57.
X et XI. Ms. 1138, fol. 24.
XII. Ms. 1338, fol. 69.
XIII-XXIII. Ms. 1138, fol. 39-126.
XXIV. Ms. 1338, fol. 73.
XXV. Ms. 1138, fol. 127.
XXVI. Ms. 1338, fol. 82.

Cette restitution de l'état primitif du recueil de séquences du moine Roger est due au P. Guido Maria Dreves, qui en a compris le contenu dans le volume publié par lui sous le titre de : *Prosarium Lemovicense : Die Prosen der Abtei St Martial zu Limoges, aus Troparien des 10, 11 und 12 Jahrhunderts ;* Leipzig, 1890 ; in-8°.

---

(1) *Chroniques de S. Martial*, p. 90. — Le catalogue des livres de Saint Martial, par Bernard Itier (art. 117), mentionne : « Summa magistri » Petri Hispaniensis super librum Prisciani de constructione.» *Cabinet des manuscrits*, t. II, p. 498.

(2) *Chroniques de S. Martial*, p. 81.

(3) *Inscriptions du Limousin*, p. 124.

Simo gramaticus. Voyez plus haut, p. 9, au mot Bernardus presbiter.

W. la Concha. Il donna à l'abbaye vingt volumes (1), parmi lesquels il faut distinguer le recueil de traités grammaticaux classé sous le n° 7562 du fonds latin (2). Ce religieux est souvent cité depuis 1209 jusqu'en 1225 (3).

Wido abbas. Un missel en gros caractères fut fait par l'ordre de cet abbé (4), qui ne diffère sans doute pas de l'abbé Guigue, mentionné par les bénédictins (5) comme ayant gouverné le monastère de Saint-Martial à la fin du xᵉ siècle.

Willelmus de Barrio. Les coutumes de Guillaume du Barri sont portées sur le quatrième des anciens catalogues de Saint-Martial (6).

Willelmus Fulcaudi. Le même catalogue cite les Décrétales de Guillaume Foucaud (7).

Willelmus de Laia. Son recueil de proses est mentionné dans le même document (8) que les deux livres précédents.

Les anciens bibliothécaires de Saint-Martial nous ont laissé plusieurs catalogues dans lesquels on peut étudier la composition des collections qu'ils avaient à administrer. Quatre de ces catalogues nous sont parvenus (9). Le plus ancien, qui peut dater de la fin du xiiᵉ siècle, se trouve dans le manuscrit latin 5243 et comprend 138 articles; les trois autres sont du xiiiᵉ siècle et font partie des manuscrits latins 5245, 1085 et 1139. Le catalogue contenu dans le manuscrit latin 1085 a pour auteur Bernard Itier, dont j'ai parlé un peu plus haut. Celui du n° 1139 est l'ouvrage d'un des succes-

---

(1) « W. la Concha dedit conventui viginti volumina librorum. » — Note de Bernard Itier, dans le ms. latin 1139, fol. 1.

(2) « W. la Concha me dedit Sancto Marciali Lemovicensi. »

(3) *Biblioth. de l'École des chartes*, 4ᵉ série, t. I, p. 31, note 7. Voyez aussi *Chroniques de Saint-Martial*, p. 300-305.

(4) « Pridie kalendas octobris, Wido abbas.....; missalem cum magna » littera fieri jussit. » — Ms. latin 5239, fol. 3. *Chroniques de S. Martial*, p. 286.

(5) *Gallia christ.*, t II, p. 557.

(6) Article 330 : « Consuetudines Willermi de Barrio. » — *Cabinet des manuscrits*, t. II. p. 503.

(7) Article 240 : « Decretales Willelmi Fulcaudi. » — *Ibid.*, p. 502.

(8) Article 306 : « Prosarium Willermi de Laia. » — *Ibid.*, p. 503.

(9) Je laisse de côté deux inventaires du trésor de Saint-Martial dans lesquels sont mentionnés plusieurs livres ; l'un, du xiiiᵉ siècle, a été publié par M. Duplès-Agier (*Biblioth. de l'École des chartes,* 4ᵉ série, t. I, p. 28, et *Chroniques de S. Martial*, p. 309), d'après le ms. latin 1139 ; l'autre, de l'année 1392, sert de gardes au ms. latin 5103.

seurs de Bernard ; il est beaucoup plus ample que les précédents, puisqu'il mentionne au moins quatre cent cinquante volumes.

Le texte de ces quatre catalogues a été publié dans le *Cabinet des manuscrits de la Bibliothèque nationale* (t. II, p. 493-504), et dans les *Chroniques de Saint-Martial*, p. 323-355. Le catalogue de Bernard Itier avait vu le jour en 1853 par les soins de M. Hauréau (1). Il n'y avait, parait-il, rien à tirer du fragment mentionné sous le n° 183 du Catalogue que nous allons réimprimer (2).

La bibliothèque de Saint-Martial était tombée en décadence quand la sécularisation de l'abbaye fut prononcée en 1535. Les chanoines qui furent alors substitués aux moines paraissent bien s'être un moment préoccupés de leurs livres (3), et les délibérations capitulaires des années 1540-1547 contiennent la trace de mesures prises ou projetées pour assurer la conservation des titres et des livres de la maison ; mais le mal était sans remède, et il devait s'aggraver de plus en plus sans que personne essayât d'en arrêter les progrès.

Dans la seconde moitié du xviie siècle, ce qui restait de l'ancienne bibliothèque de Saint-Martial attira l'attention du P. Bonaventure de Saint-Amable, qui en rédigea avec un soin assez remarquable, en cent soixante quatre ou cent soixante cinq articles, un catalogue dont nous possédons plusieurs copies (4) et qui a été publié par Montfaucon (5).

Il fut question en 1669 de vendre à Colbert les manuscrits du chapitre de Saint Martial. Le projet n'eut pas de suite, mais les .

(1) *Bulletin du Comité historique, Histoire*, t. IV, p. 61.

(2) Voici dans quels termes l'abbé de Targny parlait de ce fragment : « Cette membrane, que l'on compte improprement pour un volume, con- » siste en deux petits feuillets de parchemin in-12, sur la première page » duquel on lit un écrit d'une main fort moderne : « Ancien catalogue de » livres de Saint-Martial », et au revers du feuillet on lit environ 22 ou » 23 lignes, qui commencent ainsi : *Sub cura armarii novi. Vetus Testa-* » *mentum in duobus libris novis. Item Vetus et Novum Testamentum in* » *duobus libris. Secunda pars Veteris Testamenti. Idem de doctrina chris-* » *tiana et de apost.* etc. Voilà les cinq premières lignes du petit carré de » parchemin. L'autre carré ou feuille de parchemin contient environ » 20 lignes, et elles commencent ainsi : *Regula vetus. Regula de vestimentis* » *pretiosis. Regula vetus. Martyrologium. Nomina defunctorum. Epis-* » *tola*, etc. Voilà les deux premières lignes de ce feuillet. La page de » dessus ne contient rien sur les livres. » Bibl. nat., ms. latin 9373, fol. 134.

(3) Voyez à l'Appendice les extraits que M. Guibert a bien voulu me communiquer et que l'abbé Legros avait pris sur un manuscrit de Lépine.

(4) Ms. latin 9363, fol. 70 ; ms. latin 12663, fol. 59 ; ms. latin 13069, fol. 81.

(5) *Bibliotheca bibliothecarum*, t. II, p. 1033-1040.

négociations que Baluze entama méritent d'être brièvement racontées (1).

Le zélé bibliothécaire avait appris que les chanoines de Saint-Martial étaient disposés à céder leurs manuscrits ; il leur fit savoir que cette collection serait accueillie avec empressement dans le cabinet du ministre. Le 27 septembre 1669, le chapitre envoie un catalogue sur lequel Colbert pourra choisir les articles qui seront à sa convenance. Baluze s'imagine que l'envoi du catalogue équivaut à la donation des manuscrits, et le 19 octobre il fait signer à Colbert une lettre pour remercier les chanoines et pour les assurer qu'il s'emploiera toujours avec plaisir dans toutes les occasions qui s'offriront de leur rendre service. Cette lettre dut causer un certain étonnement à Limoges. Le 1er novembre, le prévôt de Saint-Martial supplie Baluze de représenter à Colbert les pressants besoins de son église. Le ministre comprend alors qu'il ne s'agit pas d'un simple cadeau et que les chanoines espèrent tirer parti de leurs manuscrits. « Je vous avoue, écrit-il à son bibliothécaire, que je ne » sçais à quoy tout cela aboutira. Il faut qu'ils estiment beaucoup » leurs manuscrits ; je ne sçais s'ils sont de si grande valeur. Si on » les voit, on en pourra juger. » Baluze conservait encore l'espoir d'obtenir les précieux volumes ; il pensait que les chanoines finiraient par s'exécuter bon gré, mal gré. « Car, disait-il le 11 novembre, » assurément ils se sont engagez trop avant pour s'en pouvoir » dédire. » Tel n'était pas l'avis de Colbert, qui agit dans cette circonstance avec la plus complète loyauté. « Je ne sçais pas bien, » répond-il, ce que Messieurs de Saint-Martial de Limoges veullent » dire. Ma manière d'agir n'est point de leur faire exécuter leur » engagement contre leur volonté. S'ils me donnent honnestement » leurs manuscrits, j'agirai de mesme avec eux. S'ils veulent les » vendre, vous examinerez avec de Carcavi ce qu'ils peuvent valoir, » et je les payerai ; sinon, il n'y faut plus penser. » On ne tarda pas à voir que les prétentions des chanoines n'avaient, pour ainsi dire, pas de limites ; et Baluze reconnut lui-même qu'il n'y aurait pas moyen de s'entendre. Le 11 décembre il expliqua dans une longue note les causes de son insuccès. Pour toute réponse, Colbert écrivit en marge : « Il faut laisser cette affaire et n'en plus parler ».

C'est ainsi que les manuscrits restèrent à Limoges. Mais il est bien possible que Baluze, même après l'échec de l'année 1669, n'ait pas renoncé à l'espoir de les faire arriver chez Colbert. C'est ce qui peut expliquer la procuration que messire Henri de La Mothe

(1) Les principaux documents relatifs à ces négociations seront publiés dans l'Appendice.

Houdancourt, archevêque d'Auch et abbé de Saint Martial, donna
par acte notarié (1), au mois de décembre 1676, à un mandataire
« pour s'opposer et empescher par toutes voyes la vente des titres
» et manuscrits et livres anciens de l'abbaye de Saint-Martial, dont
» la conservation doit estre précieuse au dit seigneur abbé, comme
» un depost illustre et considérable en toute manière à l'honneur
» de la dicte abbaye, et, pour raison de ce, faire tous actes néces-
» saires tant au chapitre de Saint-Martial qu'à tous autres qu'il
» appartiendra qui les voudront achapter ou qui auront eu part à
» cette négociation, et généralement faire tout ce qu'il trouvera à
» propos pour empêcher la dicte vendition et deslivrance des dicts
» livres et titres, comme aussy luy donnant pouvoir de se saisir du
» tout... »

Lancelot, dans la visite qu'il fit en 1709 à la bibliothèque de Saint-
Martial, se procura un exemplaire du catalogue du P. Bonaventure ;
il le communiqua à Claude Beral, religieux de Saint-Augustin de
Limoges, qui s'empressa d'en envoyer une copie à D. Ruinart, en
faisant entrevoir la possibilité d'acquérir cette collection de manuscrits pour la congrégation de Saint-Maur. Voici les paroles mêmes
de D. Claude Beral :

« ..... J'avertis de plus Votre Révérence que Messieurs de Saint-
» Martial témoignèrent à M. Lancelot le désir qu'ils avoient de ven-
» dre leurs manuscrits, dont les restes sont encore si précieux, et
» sur le rapport qu'il m'en fit luy même. j'ai bien voulu vous en
» avertir, quoiqu'il m'eût dit de le laisser faire, m'ayant promis
» de vous le dire et de vous en communiquer le catalogue et autres
» choses de son voiage après son retour; mais j'ay jugé à propos
» de le devancer, quoique peut être trop tard. Ainsi je sollicite
» pour une seconde fois Votre Révérence de faire entendre à nos
» Révérends Pères du régime l'importance qu'il y a que nous
» retirions de l'oubli les anciens ouvrages de nos pères. Ils ne la
» voulurent point vendre autrefois à Monsieur de Colbert, mais
» présentement ils la laisseront à meilleur marché. Je suis assuré
» que si le Révérend Père général veut exhorter tous les supérieurs
» de la congrégation par une lettre circulaire, dans peu de temps
» tous les monastères se taxeront volontairement, quoique les
» temps soient bien facheux. Mais surtout faites la tentative, et
» obtenez surtout qu'on écrive aux monastères. Car je ne crois pas
» que ces Messieurs en veuillent plus de quatre ou cinq cents écus,
» et peut être la laisseront-ils pour moins : car ils n'en font rien,

(1) Le texte de ce document, que M. E. Hervy a bien voulu me communiquer, est imprimé dans l'Appendice.

» et d'ailleurs elle a déjà été souvent visitée. Si Votre Révérence
» veut, le révérend père s'informera du dernier prix qu'ils en
» veulent. Si cela réussit, il faut que ce soit en faveur de Saint-Ger-
» main des Prez. Je vous dis encore un coup que, si on veut tra-
» vailler efficacement, cela se fera (1) ».

Cela ne se fit point, et il est même fort douteux que les chefs de
la congrégation de Saint-Maur aient sérieusement songé à cette
acquisition. Dom Martène n'y fait pas la moindre allusion dans la
relation qu'il a donnée de son voyage à Limoges, sur la fin de
l'année 1711 : « Saint-Martial, dit-il, est une ancienne abbaye de
» notre ordre, qui fut sécularisée il y a plus de cent cinquante ans,
» sur un faux exposé, et changée en une église collégiale assez
» considérable. On y conserve encore près de deux cens manuscrits,
» la plupart des saints pères, surtout de saint Ambroise, saint
» Jérôme, saint Augustin, saint Grégoire, monumens du travail des
» saints moines bénédictins, qui ont autrefois sanctifié cette abbaye,
» aujourd'hui fort négligée par les chanoines (2) ».

Les chanoines veillaient cependant sur leurs manuscrits, dont ils
espéraient bien, un jour ou l'autre, tirer parti pour augmenter leurs
ressources financières. Ils en firent dresser un nouveau catalogue,
qui comprend 202 articles, et dont une copie fut faite en 1723 par
D. Vincent Marcland pour D. François Anceaume (3). C'est ce catalogue, légèrement modifié, qui a été imprimé à Paris en 1730, sous
le titre de *Bibliotheca insignis et regalis ecclesiæ sanctissimi Martialis Lemovicensis, seu Catalogus librorum manuscriptorum qui in
eadem bibliotheca asservantur* (4). Elle contenait la notice de deux
cent quatre manuscrits, et se terminait par une invitation aux ama-
teurs d'aller s'informer du prix et des conditions de la vente chez
les frères Barbou, libraires de la rue Saint-Jacques. L'abbé Bignon
se mit aussitôt en rapport avec les chanoines de Saint-Martial ; il les
décida à envoyer leurs manuscrits, qui arrivèrent à la Bibliothèque
du roi le 5 septembre 1730. L'acquisition fut conclue moyennant le
payement d'une somme de 5,000 livres, après d'assez laborieuses
négociations, dont les incidents peuvent être suivis dans la corres-
pondance publiée à l'Appendice.

Les chanoines fournirent tout ce qui était porté au petit catalogue
imprimé, à l'exception des nᵒˢ 43, 55, 57, 61, 202 et 203. Le nᵒ 203
était en si mauvais état que la conservation n'en fut pas jugée
possible.

---

(1) Lettre du 3 août 1709, dans le ms. latin 12663, fol. 71.
(2) *Voyage littéraire*, t. I., part. II, p. 69.
(3) Ms. latin 9373, p. 1 à 39.
(4) Paris, Barbou, 1730. In-8° de 27 p.

Beaucoup des manuscrits de Saint-Martial avaient considérablement souffert : on les restaura avec tout le soin qu'ils méritaient et on les habilla tous en maroquin rouge ou bleu.

La Bibliothèque de Saint-Martial avait subi des pertes nombreuses au xvie et au xviie siècle. Plusieurs des volumes qui en étaient sortis nous sont arrivés par différentes voies, de sorte qu'aux articles achetés en 1730 et décrits dans le petit catalogue imprimé, il faut joindre les numéros suivants du fonds latin, pour avoir l'ensemble des manuscrits de Saint-Martial que la Bibliothèque nationale a recueillis :

1927 (jadis de Faure). S. Augustin.

2056 (jadis de Faure). S. Augustin.

2983 (jadis de Colbert). S. Augustin.

4883 A (jadis de Colbert. Chroniques et ouvrages de divers auteurs.

5064 (jadis de Colbert). Hégésippe, Guerre judaïque.

5230 (jadis de Baluze). Histoire de Bède.

5239 (jadis de Colbert et auparavant de la famille de Mesmes, ce qui résulte d'une citation que le Père Labbe a faite de ce manuscrit dans la *Nova Bibliotheca*, t. I, p. 291). Chroniques diverses.

5296 A (jadis de Le Tellier). Vie de saint Martial (?).

7508 (jadis de Colbert). Priscien.

7901 (jadis de Colbert). Térence.

7903 (jadis de Colbert). Térence.

7927 (jadis de Colbert). Virgile.

9572. Bède sur saint Luc.

10588. Extraits des conciles et des pères (1).

10869. Vies des saints (?).

11019. Chroniques limousines.

13220. (jadis de Harlay). Vies de saints.

Quelques épaves de la bibliothèque de Saint-Martial sont encore allées s'échouer de divers côtés. Tels sont : un volume du Sanctoral de Bernard Gui, n° 1014 de la Bibliothèque de Tours ; la collection de lois germaniques copiée dans le n° 852 de la reine de Suède, au Vatican (2) ; le célèbre volume de l'université de Leide (*Voss. lat.* 8°, n° 15) qui vient du moine Adémar ; et enfin le Recueil des sermons synodaux, du même Adémar, qui est récemment échu à la Bibliothèque royale de Berlin.

Un bibliophile limousin du xviiie siècle, M. de Lépine, secrétaire

---

(1) C'est une copie faite au ixe siècle d'un ms. exécuté en 749 et auquel avait été ajoutée une note relative au couronnement de Charlemagne.

(2) Hænel, *Lex Rom. Wisig.*, p. LXXIII.

gènèral de l'intendance, s'était procuré deux précieux manuscrits
de Saint-Martial : le Recueil des sermons synodaux, d'Adémar, et
le poème de Pierre le Scolastique sur la vie de saint Martial (1).
Il est fort douteux que le premier de ces manuscrits soit le même
que le manuscrit d'Adémar passé à Berlin. Quant au second,
il est bien à craindre qu'il soit absolument perdu ; dom Rivet (2) en
a fait connaître le contenu en 1748, et il parlait en ces termes de
l'amateur qui le possédait alors : « Ce manuscrit, débris de la
» bibliothèque de Saint-Martial de Limoges, se trouve dans le cabinet
» de M. de Lépine, gentilhomme du païs, qui fait voir par son
» amour pour les bons livres et les connoissances de la belle litté-
» rature qu'il acquiert tous les jours, que les gents d'épée peuvent,
» quand ils le veulent, devenir amis des muses. »

J'ignore ce qu'est devenue une suite de trente tableaux de la fin
du XIIe siècle ou du commencement du XIIIe, qui faisait partie de la
bibliothèque de M. Didot (3). Le comte de Bastard les attribuait à
Saint-Martial de Limoges ; il en a reproduit deux dans son grand
ouvrage sur les *Peintures et ornements des manuscrits* (4). Tous les
trente ont été lithographiés dans un volume intitulé : *Exposition internationale de 1878. Histoire de Jésus-Christ en figures,
gouaches du XIIe au XIIIe siècle conservées jadis à la collégiale de Saint-
Martial de Limoges et publiées par le comte Auguste de Bastard*
(Paris, imprimerie nationale, 1879).

Le seul manuscrit de Saint-Martial que possède aujourd'hui la
bibliothèque de Limoges est un Bréviaire du XIVe ou du XVe siècle
que M. L. Guibert a décrit dans le *Catalogue général des bibliothèques
publiques de France* (5).

Léopold Delisle.

(1) *Etude sur Adémar de Chabannes*, par M. Arbellot, p. 43.
(2) *Histoire littéraire de la France*, t. VIII, p. 506.
(3) N° 10 de la série vendue au mois de mai 1879. La description s'en
trouve aux p. 26 et 27 du Catalogue de vente.
(4) Planches 250 et 251. Voyez L. Delisle, *Les Collections de Bastard
d'Estang à la Bibliothèque nationale*, p. 248.
(5) *Départements*, t. IX, p. 451 et 452.

APPENDICE A L'INTRODUCTION

I. — *Extrait du testament de Guillaume de Chanac.*

29 décembre 1384.

Item lego [monasterio Sancti Martialis Lemovicensis] epistolas beati Jheronimi, psalterium glosatum, librum hystoriarum Clementis, librum florum Augustini ; item plus Speculum sanctorale in tribus voluminibus, et Catholicon, et Meditationes beati Anselmi, quos Speculum, Catholicon et Meditationes in claustro monasterii predicti incathenari jubeo atque mando...

Volo et expresse jubeo quod omnes libri qui statim designabuntur... indilate... restituantur ad opus domus studentium in vico Bievrie per prenominatos patruos meos Parisius fundate... Sequuntur libri :

Primo parvum Decretum quod incipit in secundo folio in textu *navalium commerciorum.*

Item aliud Decretum quod incipit in secundo folio in glosa *q. i. cave.*

Item quedam Decretales parve que incipiunt in textu in secundo folio *firmiter.*

Item Sextus et Clementine in uno volumine, et incipiunt in secundo folio in textu *filium.*

Item Speculum judiciale, quod incipit in secundo folio *auditorum.*

Item Repertorium Speculi judicialis, quod incipit in secunda columpna primi folii *de citatione.*

Item Rosarium super Decreto, quod incipit in secundo folio *Item fuit.*

Item Novella Johannis Andree super Sexto, que incipit in secundo folio *glosa tua facit.*

Item Summa Hostiensis, que incipit in secundo folio *regiones distincte sunt.*

Item quidam parvus liber vocatus Occulus Copiose, qui incipit in tercia columpna primi folii *ad pias causas.*

Item Lectura Innocentii, que incipit in secundo folio *facere constitutionem.*

Item quidam Apparatus Archidiaconi super Sexto, qui incipit in secundo folio *tenere vel credere.*

Item Apparatus antiquus Johannis Andree super Sexto, et incipit in secunda columpna secundi folii *terrogat.*

Item Speculum hystoriale in quatuor voluminibus.

Item Sermones Jacobi de Lausanna, qui incipiunt in secunda columpna primi folii *quia deficit.*

Item quedam Biblia, que incipit in secundo folio *novi psalmi.*

Item Legenda aurea, que incipit in secundo folio *de sancto Vitale.*

Item quidam parvus liber sermonum, qui incipit *hora est jam nos.*

Item sermones fratris Guisberti de Tornaco, qui incipiunt in secundo folio *tuorum accubitus.*

Item sermones dominicales fratris Guidonis de ordine Predicatorum, qui incipiunt in secundo folio *virgam telendit.*

Item quidam sermones qui incipiunt in secundo folio *tace.*

Item quidam sermones cooperti pelle caprina, et incipiunt in secundo folio *albis.*

Item quidam parvus liber translatus per dominum Petrum Bertrandi de galico in latinum, qui incipit in secundo folio *re presenciam.*

Item volo et ordino quod libri etc., deputentur, etc.

(Exemplaire incomplet, dépourvu de date, aux Archives de Maine-et-Loire, fonds de Saint-Florent, Abbés. — Deux fragments aux Archives de la Haute-Vienne, fonds de Saint-Martial, liasses provisoirement cotées 2957 et 9237. — Ces textes dont je dois la connaissance à M. Célestin Port et à M. Guibert, ont été employés par Baluze, qui a publié le testament dans *Vitæ paparum Aven.,* t. II, col. 952).

II. — *Extraits des registres capitulaires de Saint-Martial.*

1540-1548

13 février 1539, vieux style. « Conclu que la librairie (1) sera délaissée à deux chanoines pour la somme de 50 ll. tournoises, qui seront employées à faire bâtir le chapitre ailleurs qu'au lieu où il est. » (Fol. 51 v°.)

8 avril 1541. « Tous furent d'avis de faire démolir la chambre du dortoir, et que, des bois qui en proviendroient, on feroit réparer la librairie de Saint-Michel, près les orgues. Un chanoine s'y étoit d'abord opposé ; mais il y consentit ensuite, comme les autres. » (Fol. 69 v°.)

(1) L'extrait suivant d'un document relevé par M. Guibert aux Archives de la Haute-Vienne (fonds S. Martial, n° provisoire 5492, fol. 145 v°) permettra de reconnaître, au moins approximativement, la place qu'occupait l'ancienne librairie de Saint-Martial. A la date du 14 novembre 1556, on baillait à cens une maison léguée par feu vénérable maître Barthelemi Mercier, maison qui était « située dans le recloz de l'esglise (de Saint-» Martial), confrontant entre la maison abbaciale et le cimetière de la dicte » esglise, appellée de soubz les Arbres, d'une part, et la chappelle de la » dicte esglize appellé[e] de sainct Benoist, d'autre, et la maison qu'on » souloyt appeler ensiennement la librérie, d'autre, et le petit cloistre de » Sainct Marcial, par le dernier (*sic*) ... »

19 mai 1542. « Commission donnée à deux chanoines, pour voir comment on pourroit faire le trésor des titres de l'église dans la chapelle de Saint-Michel, près des orgues, et qu'il seroit appelé des experts pour cela. » (Fol. 94 r°.)

27 juin 1542. « Un chanoine commis pour s'informer qui étoient ceux qui avoient perdu les livres du chœur, comme les prosaires et autres, et que ceux qui les auroient eussent à les rendre ; autrement, qu'ils fussent suspens des fruits de leur prébende jusqu'à ce qu'ils les auroient rendus. » (Fol. 102 r°.)

27 juin 1542. « Ordonné que le trésor des titres sera fait, comme il avoit été conclu autrefois par les commissaires députés pour cela, au dire des experts. » (Fol. 102 r°.)

3 juillet 1545. « Ordonné au commis du scribe de faire faire les clefs et de faire réparer l'armoire des petits livres. » (Fol. 150 v°.)

8 juin 1547 ou 48. « Quittance à un chanoine pour sa part de la somme de 50 ll. de la maison de la librairie. » (Fol. 175 v°.)

(Extraits pris par l'abbé Legros sur un manuscrit appartenant à M. de Lépine. Ces extraits ont été copiés par M. Guibert d'après un fascicule formant le n° 41 des manuscrits déposés au séminaire de Limoges (1). »

III. — *Lettre de F. Eusèbe de Rely à l'évêque de Tulle.*

17 septembre 1669.

Monseigneur,

Messieurs de Saint-Martial ont esté un peu surpris de ce que M. Colbert ne parle point de récompense dans sa lettre. Néantmoins, mettant leur espérance en sa libéralité, ils ont conclu toute l'affaire de la belle manière. Ils envoiront à leurs frais et dépens tous leurs manuscrits à Paris par la première commodité des roulliers qu'ils rencontreront. Ils ont député un des leurs pour les aller présenter. Je crois que c'est M. le chantre. Si Vostre Grandeur est pour lors à Paris, il s'adressera à Elle pour la supplier de le présenter à M Colbert. Si je puis rendre quelqu'autre service à Vostre Grandeur touchant cette affaire, aussy bien qu'en toutes les autres, qu'Elle peut désirer de moy, je le feray d'aussy grand cœur que je suis,

Monseigneur,

vostre très humble et très obéissant serviteur,

F. Eusèbe de Rely.

A Limoges, ce 17 septembre 1669.

(Bibl. nat., ms latin 9363, fol. 64.)

(1) Voyez Louis Guibert, *Les manuscrits du séminaire de Limoges*, Notice et Catalogue (Limoges, 1892, in-8°), p. 28.

IV. — *Copie de la lettre que Messieurs du chapitre Saint-Martial de Limoges ont escrite à Monseigneur [Colbert].*

27 septembre 1669.

Monseigneur,

Vos ordres, que nous avons présentement receus avec respect, pour l'envoy de nos manuscrits, estant la plus véritable marque qui nous ait esté donnée de l'estime que vous en faites, nous donnent la liberté de vous en présenter le catalogue, pour en faire le choix qu'il plaira, avant de les mettre en chemin, [veu] qu'il y en a d'inutiles qui ne peuvent servir qu'au chant et à l'église. Nous sommes persuadez, Monseigneur, que vous aurez la joye de recueillir de nostre pauvre [chapitre] de très précieux ouvrages. Nous en pr[endrons] encore nostre part, d'avoir au moins eu le moyen d'obliger une seule fois Vostre Grandeur et de vous tesmoigner que nous sommes...

(Bibl. nat., ms. latin 9363, fol. 64.)

V. — *Copie de la lettre que Monseigneur a escrite à Messieurs du chapitre de Saint-Martial de Limoges.*

19 octobre 1669.

Messieurs,

J'ay receu, avec la lettre que vous m'avez escrit, le catalogue des anciens manuscrits dont vous voulez bien me faire présent, et après l'avoir examiné, ayant jugé comme vous que les livres de chant ne me seroient d'aucune utilité, j'en ay fait le mémoire cy joinct, afin que vous les reteniez, et à l'esgard des autres, je les recevray volontiers. Pour commencer à vous donner des marques de ma reconnoissance, je désirerois donner à vostre eglise quelques ornemens. Mais, comme je ne sçay pas quelles pièces vous seroient les plus commodes, je vous prie de me le faire sçavoir et de m'en envoyer les mesures, vous asseurant que je m'employeray toujours avec plaisir dans toutes les occasions qui s'offriront de vous rendre service et de vous faire connoitre que je suis,

Messieurs,

vostre très humble serviteur,

COLBERT.

(Bibl. nat., ms. latin 9363, fol. 65.)

VI. — *Billet de Baluze, avec la réponse de Colbert.*

A Paris, le 8 novembre 1669.

Je me donne l'honneur d'envoyer à Monseigneur la lettre que M. le prevost de Saint-Martial de Limoges m'a escrite, afin qu'il ayt la bonté de me marquer la response qu'il veut que je luy fasse.

BALUZE.

Je vous avoue que je ne sçais à quoy tout cela aboutira. Il faut qu'ils estiment beaucoup leurs manuscrits... Si on les voit, on en pourra juger.

[COLBERT].

(Bibl. nat., ms. lat. 9363, fol. 67.)

VII. — *Lettre du prévôt de Saint-Martial [à Baluze].*

1 novembre 1669.

Monsieur,

L'on a donné ordre au député du chapitre de faire connoistre à Monseigneur le besoïng qu'il a non seulement d'ornements, mais bien plus d'argenterie, outre que nos prédécesseurs abbés, évesques et tout ce qu'il y a eu de puissances supérieures l'ont tellement appauvri par procès civils et criminels, depuis cent ans, qu'il ne reste quasi plus de revenus aux chanoines, après avoir payé les intérêts des sommes deues. S'il plait à Sa Grandeur de luy donner l'honeur de sa protection et de réparer une esglize de fondation royale et des plus anciennes du royaume, l'on y priera Dieu incessemment pour sa prospérité et pour la durée de son illustre personne. Ce n'est pas, Monsieur, qu'on n'exequute bien ponctuellement ce que vostre lettre marque.

Je vous prie de trouver bon ce petit retardement, qui me donne occasion de respondre à vos honestetés et de vous dire que je suis en particullier, avec mesme respect,

Vostre très humble et très obéissant serviteur,

DUFAUX (?),
prevost de Saint-Martial.

(Bibl. nat., ms. latin 9363, fol. 66).

VIII. — *Extrait d'un mémoire de Baluze, avec la réponse de Colbert.*

A Paris le 11 novembre 1669.

J'ay apris que le député du chapitre de Saint-Martial de Limoges est arrivé en cette ville. Je ne sçay pas bien leur dessein. Mais je sçay bien qu'ils ont conceu une grande opinion et estime de leurs manuscrits. On m'a fait entendre qu'il viendra me voir auparavant d'aller trouver Monseigneur. Sur quoy, je prendray la liberté de luy dire que, si ce député me vient voir auparavant que j'aye receu des ordres de Monseigneur sur ce suject, je n'entreray point avec luy dans aucune discussion, et me conten-teray de luy dire [que, s'ils tiennent les] grands engagemens où ils se [sont mis en] leur letre, Monseigneur ne fa[ira aucune] difficulté qu'ils ne luy envoyent leurs manuscrits.

Je me donne l'honeur d'envoyer à Monseigneur une copie de leur letre, et de la response qu'il leur a faite, afin de le faire ressouvenir de l'estat de l'affaire. Car asseurément ils se sont engagez trop avant pour s'en pouvoir dedire.

BALUZE.

Je ne sçais pas bien ce que Messieurs de Saint-Martial de Limoges veullent dire. Ma manière d'agir n'est point de leur faire exécuter leurs engagemens contre leur volonté. S'ils me donnent honnestement leurs manuscripts, j'agirai de mesme avec eux. S'ils veulent les vendre, vous examinerez avec de Carcavi ce qu'ilz peuvent valoir, et je les payerai. Sinon, il n'y faut plus penser.

[COLBERT.]

(Bibl. nat., ms. latin 9363, fol. 68 et 69.)

IX. — *Extrait d'un mémoire remis par Baluze à Colbert.*

A Paris, le 11 décembre 1669.

Ayant appris que le député du chapitre de Saint-Martial a esté trouver Monseigneur, et qu'il luy a débité les hautes prétentions qu'ils avoient pour la recompense de leurs manuscrits, j'ay creu que, comme cette affaire a passé par mes mains, il m'importoit de faire voir à Monseigneur que je n'ay pas donné lieu à ces grandes prétentions. Ce que je le supplie de me me permettre de luy représenter le plus courtement qu'il se pourra.

Cette affaire a esté mesnagée par M. l'évesque de Tulle, qui ne m'a jamais fait entendre autre chose par ses letres, si ce n'est que ces Messieurs prétendroient qu'on leur donnast quelques ornemens pour leurs livres. Monseigneur trouva cela raisonnable. J'en escrivis donc en ce sens à M. de Tulle, sans y adjouter rien du mien. Néantmoins, un moine béné-dictin, que je ne connois point, et à qui je n'ay jamais escrit, leur a offert, à ce qu'ils prétendent, une chapelle entière et une gratification royale, ce qui iroit à plus de vingt mil livres. C'est une chose qui n'est pas de ma connoissance, et lorsque ce député m'en a parlé, je luy ay dit que Monsei-gneur n'avoit pas donné cet ordre, et que je n'avois jamais rien escrit d'approchant. Mais ce qui a plus fortement persuadé ces Messieurs, est que M. l'évesque de Limoges leur a dit que ces manuscrits valoient beaucoup, et que Monseigneur ne les récompenseroit pas assez s'il ne les récompensoit de chose qui valût cinquante mil livres. Ce qui leur a esté confirmé par le Supérieur du séminaire de Limoges et par un père de l'Oratoire. Lorsque j'apris ces choses de ce député, je luy dis que Monseigneur, à mon advis, ne seroit pas en volonté de les payer si cher. On me pressa ensuite de dire ce que je croyois que Monseigneur donneroit pour récompenser ces manuscrits. Je répondis que c'est ce que je ne sçavois pas, et qu'au fonds il falloit voir les livres pour pouvoir les estimer. Enfin, comme il a veu qu'il ne pouvoit tirer autre chose de moy, il est allé à Saint-Germain, sans m'en dire un mot. Voilà la vérité de ce qui s'est passé qui est venu à ma connoissance. Monseigneur pourra voir, dans la dernière letre que M. de Tulle m'a escrite sur ce suject, qu'on ne m'a jamais rien escrit du destail des prétentions.

(En marge de ce mémoire, Colbert a mis ces mots :) Il faut laisser cette affaire et n'en plus parler.

(Bibl. nat., collection Baluze, vol. 179, fol. 347 et 348.)

X. — *Protestation de l'abbé de Saint-Martial contre tout projet d'aliénation des titres et des manuscrits de Saint-Martial.*

7 décembre 1676.

Du septiesme jour du mois de décembre mil six cens soixante seize, avant midy, dans l'estude et par devant le notaire royal soubsigné et tesmoings bas nommés, a esté présent en sa personne Me Bernard Lafont, prestre, agent des affaires de messire Henri de Lamothe-Houdancour, archevesque d'Auch, commandeur des ordres du roy et abbé de l'abbaye séculière et collégiale de Saint-Martial de Limoges, fondé de procuration expresse en datte du premier du présent mois et an susdits, signée, Henry arch. d'Auch, abbé de Saint-Martial, Bertaud présent, Troullet présent, Domac notaire, en son original remise devers le notaire soubsigné : Lequel sieur Lafont, au dit nom et suivant la ditte procuration, m'a dit et exposé que le dit seigneur abbé estant adverti que vénérables Messieurs les prevost, chanoines et chapitre de l'église séculière et collégiale de la dite abbaye veulent, à son préjudice et de ses successeurs, vendre les titres, manuscrits et livres anciens de la dite abbaye, dont la conservation doit estre précieuse au dit seigneur abbé et successeurs, comme un dépôt illustre et considérable en toute manière à l'honneur de la dite abbaye ; partant, le dit sieur Lafont, au dit nom, a déclaré s'opposer formelement à la vente, deslivrance et transport des dits titres, manuscrits et livres anciens ; somme les dits sieurs vénérables prevost, chanoines et chapitre, de les garder et conserver dans les thresors et archives de la ditte abbaye et chapitre et de n'en vuider pas leurs mains, les dits titres, livres et manuscrits anciens ne pouvant et ne devant estre vendus, aliénés ny transportés au préjudice du dit seigneur abbé et de ses successeurs ; autrement et faute de ce faire, a protesté le dit Lafont au dit nom, comme il fait par ces présentes, d'en rendre responsables en leurs propres et privés noms les dits sieurs prevost, chanoines et chapitre et de se pourvoir contre eux, ensemble contre tous les achepteurs, ainsin qu'il verra estre à faire, et de recovrer tous ses despans, dommages et intherest, et de tout ce que led. Lafont au dit nom peut et doit plus amplement protester contre les dits sieurs prevost, chanoines et chapitre; desquelles oppositions, sommations et protestations le dit sieur Lafont au dit nom m'a requis acte, que luy ay concédé, pour luy servir que de raison, en présences de François Villars et Michel Douilhac, habitans du dit Limoges, témoings à ce requis et appellés.

(Signé à la minute :) B. LAFONT, requérant susdit ; Michel DOULHAC, présent ; F. VILLARD, présent ; de VILLARD, notaire royal héréditaire.

Controllé à Limoges le septième décembre 1676, reg. 23, fol. 110. — (Signé :) DESEINGUY (et au-dessous de la signature :) cinq sols.

Suit la procuration annexée. — L'an mil six cent soixante seize, et le premier du mois de décembre, avant midy, dans la ville et cité d'Auch, pardevant moy notaire royal de la ditte ville soubsigné, et tesmoings bas nommés, a esté presant Messire Henry de Lamothe-Houdancourt, archevêque d'Auch, abbé de Saint-Martial, lequel de son gré a fait et constitué pour son procureur M. Bernard Lafon, prestre, agent du dit seigneur l'archevêque à Limoges, pour s'opposer et empescher par toutes voyes la vente des titres et manuscrits et livres anciens de l'abbaye de Saint-Martial, dont la conservation doit estre précieuse au dit seigneur abbé, comme un dépost illustre et considérable en toute manière à l'honneur de la ditte abbaye, et, pour raison de ce, faire tous actes nécessaires, tant au chapitre de Saint-Martial qu'à tous autres quil appartiendra, qui le voudront achapter ou qui auront eu part à cette négotiation, et générallement faire tout ce qu'il trouvera à propos pour empescher la ditte vendition et deslivrance des dits livres et littres, comme aussy luy donne pouvoir de se saisir du tout ; promettant d'avoir pour agréable tout ce que par son dit procureur sera fait et ne le revoquer, soubs obligation de ses biens qu'il soubsmet aux rigueurs de justice. — En presence de MM. Sébastien Trousset et Jean Bertaut, prestres, habitant du dit Auch, soubsignés, avec mon dit seigneur l'archevesque et moy.

(Signé à l'original :) HENRY, arch. d'Auch, abbé de Saint-Martial ; BERTAULT, préseut ; TROULLET, présent ; DOMEC, notaire royal.

(Extrait des minutes de Villard, notaire à Limoges, par M. E. Hervy.)

XI. — *Mémoire de l'abbé Jourdain, secrétaire de l'abbé Bignon, sur les négociations poursuivies pour l'acquisition des manuscrits de Saint-Martial de Limoges.*

De mai 1730 à avril 1732.

Messieurs du chapitre de Saint-Martial de Limoges firent imprimer à Paris, au commencement de 1730, le catalogue de leurs manuscrits, chez les frères Barbou, libraires, à qui, suivant la note latine qui est à la fin du catalogue, il falloit s'adresser pour sçavoir à quel prix et sous quelles conditions le chapitre vouloit vendre ces manuscrits.

Le sieur de Roulhac, chanoine de Saint-Martial, envoyé exprès à Paris par son chapitre pour suivre l'affaire de cette vente, présenta un exemplaire de ce catalogue à M. le cardinal de Fleury vers le mois de may de la même année, en proposant l'acquisition des manuscrits pour la Bibliothèque du Roy.

Son Eminence en écrivit d'abord à M. l'abbé de Targny, à qui l'agent du chapitre s'étoit aussi adressé, et qui, le 4 juin suivant, manda à M. l'abbé Bignon, alors à Lislebelle, qu'il luy paroissoit que ces messieurs portoient bien haut le prix de leurs livres.

Cependant, sur la réponse que M. de Targny fit à M. le cardinal, Son Éminence demanda au chapitre de Saint-Martial d'envoyer à Paris, comme une espèce d'échantillon, les deux volumes manuscrits de la Bible mentionnés à la tête du Catalogue : ce qui fut exécuté.

En même tems, Messieurs de Saint-Martial écrivirent à M. l'abbé Bignon, et le 27 juillet 1730 leur agent lui remit les deux volumes de la Bible et leur lettre datée du 27 juin. « Nous avons fait partir, disent-ils dans cette » lettre, la Bible manuscrite, dont feu M. de Colbert voulut autrefois faire » l'acquisition et qui nous paroît être ce que nous avons de plus précieux. » Dès que vous jugerez qu'elle convient pour la Bibliothèque du Roy et que » le reste de nos manuscrits peut convenir également, nous vous les » envoyerons aussitôt. Et comme nous sommes persuadés que vous êtes la » personne du royaume qui peut mieux en connoître le mérite et la » valeur, nous vous prions très humblement de vouloir bien en être seul » le juge et le maître. »

C'est par cette sorte d'invitation que M. l'abbé Bignon s'est trouvé engagé à entrer dans l'affaire des manuscrits de Saint-Martial.

Le 29 juillet, M. l'abbé Bignon répondit obligeamment à Messieurs du chapitre de Saint-Martial sur l'offre qu'ils faisoient de remettre leurs manuscrits à la Bibliothèque du Roy, et les exhorta à les envoyer tous à Paris, où il seroit bien plus facile d'en connoître le mérite : qu'à l'égard de l'estimation et du prix de ces manuscrits, il n'osoit s'en rapporter à ses lumières, mais qu'il auroit soin de les faire estimer par les plus habiles gens, et qu'enfin il ne doutoit que, sur le compte qui en seroit rendu au Roy, Sa Majesté ne donnât au chapitre la satisfaction la plus parfaite.

Le 17 aoust suivant, ces messieurs mandèrent à M. l'abbé Bignon qu'ils avoient fait partir leurs manuscrits dès le 12 ; ils luy recommandent leurs intérests, et lui parlent des dépenses et des frais qu'ils avoient déjà faits, tant pour la voiture que pour le séjour de leur agent à Paris.

Le 5 septembre 1730, les manuscrits de Saint-Martial furent retirés de la douane et apportés à la Bibliothèque du Roy, sans avoir passé par la Chambre syndicale des libraires suivant l'usage ordinaire, M. l'abbé Bignon en ayant demandé la dispense à M. Chauvelin, maitre des requestes, chargé de la librairie.

Le 7 du même mois, M. l'abbé Bignon accusa au chapitre de Saint-Martial la réception des manuscrits, en marquant que les caisses avoient été ouvertes par M. l'abbé de Targny en présence des députés du chapitre, et qu'après le recollement fait sur le catalogue il s'étoit trouvé deux cent quatre manuscrits. Il assure de plus ces messieurs qu'il travailleroit de son mieux pour faire en sorte que le Roy reconnoisse en roy la manière dont ils luy offrent ces précieuses dépouilles d'une église d'une si vénérable antiquité ; mais il ne leur dissimule pas combien il est fâché de voir la plus part de ces livres dans un si pitoyable état.

M. l'abbé Bignon, parti pour Lislebelle le 16 septembre, écrivit le 20 du même mois à M. l'abbé de Targny d'examiner incessamment ces manuscrits, afin d'en rendre compte au plutôt à M. le cardinal de Fleury, et le chapitre aussi bien que M. l'abbé de Bourzac, informés que M. de Targny étoit chargé de faire l'estimation, écrivirent au mois de novembre et de décembre à M. l'abbé Bignon pour le prier de presser la fin de cette négociation.

Le 16 novembre 1730, M. l'abbé Bignon manda à Messieurs de Saint-Martial que M. l'abbé de Targny avoit enfin examiné à fond leurs manuscrits, et qu'il en avoit même rendu compte à M. le cardinal, mais qu'il n'étoit pas instruit à quelle somme M. de Targny portoit son estimation.

Le 20 janvier 1731, M. l'abbé Bignon envoya à M. le cardinal un mémoire qui luy fut remis par le sieur de Roulhac, agent du chapitre de Saint-Martial, et par lequel ce chapitre demandoit au Roy une remise de certains droits d'amortissement et de nouvel acquest du rachat qu'il avoit fait d'une rente qu'il devoit au domaine du Roy. M. l'abbé Bignon insista fortement dans sa lettre, qui accompagnoit le mémoire, à ce que ces chanoines reçoivent une satisfaction raisonnable pour leurs manuscrits, soit en leur accordant la remise qu'ils demandoient, si elle n'étoit pas trop forte, soit, supposé qu'elle fût au dessous de la valeur des manuscrits, en cherchant à unir à leur église quelque bénéfice du voisinage.

Son Éminence répondit, le 22 suivant, qu'elle étoit contente de ce que proposoit M. l'abbé Bignon, qu'elle écrivoit en conséquence à M. de Tourny, intendant de Limosin, alors à Paris, pour sçavoir en quoy consistoit la demande des chanoines par raport au droit d'amortissement, et qu'elle souhaitoit que M. de Targny vît M. de Tourny pour luy dire à quoy il avoit porté l'estimation des manuscrits, afin de régler sur cette connoissance ce qui pourroit se faire en faveur du chapitre.

Au mois de février 1731, le sieur Roulhac, agent du chapitre de Saint-Martial, présenta à M. le cardinal de Fleury un mémoire de dépenses dont il demandoit le remboursement. Ce mémoire se montoit à environ 1736 l. 13 s. : 1200 l. pour la dépense du chanoine pendant une année qu'il disoit avoir demeuré à Paris pour l'affaire des manuscrits, et 536 l. 13 s. pour les frais de transport des manuscrits de Limoges à Paris.

Ce mémoire fut remis par M. le cardinal à M. l'abbé Bignon, qui l'envoya à M. le comte de Maurepas le 27 février, en luy rendant compte de cette négociation. M. l'abbé Bignon marque en particulier dans sa lettre que M. de Targny avoit estimé les manuscrits à 15 livres pièce, ce qui devoit faire pour 204 volumes la somme de 3066 livres.

Le même agent présenta encore dans le même temps à M le cardinal un autre mémoire au nom du chapitre, pour demander l'union de quelque bénéfice à leur mense, nommément l'abbaye du Breuil-Herbaut ou de Bonaigue, à quoy Son Éminence répondit qu'elle trouvoit trop de difficultés dans ces sortes d'unions.

Lettre du chapitre de Saint-Martial à M. l'abbé Bignon, du 8 mars 1731, par laquelle ces messieurs désavouent leur agent sur la proposition qu'il avoit hazardée de l'union de quelque bénéfice à leur église, comme étant d'une trop longue et trop difficile exécution. Ils demandent quelque secours plus prompt et plus convenable à leur situation, et prient de ne plus communiquer rien de cette affaire à leur agent.

Réponse de M. l'abbé Bignon, du 14 mars, par laquelle il fait sçavoir à Messieurs de Saint-Martial que M. le cardinal a ordonné d'expédier une ordonnance sur le trésor royal pour les articles de leur mémoire de dépenses qui avoient été alloués, et que M. de Tourny, qui alloit en Limousin, avoit aussi ordre d'examiner leur demande par raport à la remise du droit d'amortissement.

Lettre de M. l'abbé Bignon, du même jour 14e mars, à M. de Maurepas, pour luy demander à quoi doit se monter l'ordonnance dont il a esté parlé cy dessus.

Réponse de M. de Maurepas, du 18 mars, par laquelle ce ministre marque que l'ordonnance ne sera que pour le remboursement des frais que le chapitre de Saint-Martial a faits pour le transport et l'emballage de ses manuscrits.

Réponse de Messieurs de Saint-Martial à M. l'abbé Bignon, du 27 avril 1731, pour le remercier de la nouvelle qu'il leur a apprise de l'expédition de leur ordonnance et pour le prier d'en procurer un prompt payement quand elle sera revenue de la signature : ils ajoutent qu'ils ont enfin été obligés de traiter avec le commis des droits d'amortissement pour l'affaire du rachat d'une rente appartenante au domaine, mais qu'ils n'ont pu achever de payer.

Lettre de M. l'abbé Bignon à M. de Maurepas, du 1er may, pour luy demander si l'ordonnance du chapitre a été expédiée.

Réponse de M. de Maurepas, du 2 may, à M. l'abbé Bignon, pour luy apprendre qu'il a signé cette ordonnance dès le 20 mars, mais qu'elle n'est pas encor retirée, et qu'elle se monte à la somme de 536 l. 13 s.

Lettre de M. l'abbé Bignon au chapitre de Saint-Martial, pour leur faire part de la réponse de M. le comte de Maurepas, sans cependant spécifier à combien se monte l'ordonnance.

L'original de l'ordonnance de 536 l. 13 s. expédiée au nom du doyen du chapitre de Saint-Martial, remis au sieur Teulier, chanoine de Saint-Martial, le 1er juin 1731.

Lettre de Messieurs de Saint-Martial à M. l'abbé Bignon, du 13 juillet, pour le remercier des soins qu'il a pris de leur remboursement, et pour luy témoigner leur surprise sur la modicité de la somme de 536 l. 13 s. qu'ils assurent être beaucoup au-dessous de ce qu'il leur a coûté. Ils joignent à cette lettre une copie d'autre qu'ils écrivent le même jour à M. le cardinal de Fleury. Dans cette lettre, ils se plaignent à Son Éminence du prix auquel M. de Targny a fixé leurs manuscrits, ce qui ne va qu'à 3000 livres, au lieu qu'ils prétendent que M. Colbert leur avoit autrefois fait offrir 5000 livres de leurs seules Bibles; ils reviennent ensuite à demander à M. le cardinal ou l'union de quelque bénéfice ou commande à leur mense, et en particulier de l'abbaye de Solignac, qu'ils disent n'être que de 2000 livres de rente, ou quelque pension sur bénéfice qui seroit sur la tête de l'un d'eux et qui s'éteindroit à sa mort.

Réponse de M. l'abbé Bignon, du 20 juillet, par laquelle, entre autres choses, il mande aux chanoines de Saint-Martial qu'il a entretenu M. le cardinal sur leurs propositions; que Son Éminence luy avoit ordonné de leur dire qu'il falloit qu'ils s'adressassent à M. de Tourny, pour voir avec luy ce qui seroit de plus convenable, et qu'il alloit luy en écrire luy même.

Lettre de M. l'abbé Bignon à M. de Tourny, du même jour 20 juillet, pour les demandes de Messieurs de Saint-Martial; il luy recommande fortement leurs intérêts dans le compte qu'il pourra rendre à M. le cardinal au sujet de l'abbaye de Solignac.

Réponse de M. de Tourny, du 17 aoust, par laquelle il assure M. l'abbé Bignon qu'il n'a encor pu avoir les éclaircissemens nécessaires tant sur l'état de l'abbaye de Solignac que sur celuy d'un autre bénéfice régulier, dont l'union pourroit assez convenir au chapitre de Saint-Martial.

Lettre de M. l'abbé Bignon à M. de Tourny, du 28 aoust, pour le remercier de sa réponse et le prier de continuer ses soins pour faire réussir l'affaire dont il est chargé de rendre compte à M. le cardinal, malgré les difficultés qui peuvent s'y rencontrer.

Lettre du chapitre de Saint-Martial à M. l'abbé Bignon, du 18 janvier 1732, par laquelle ils se plaignent de ne recevoir aucune nouvelle de M. de Tourny et le sollicitent de vouloir bien appuyer de nouveau leurs demandes auprès de M. le cardinal.

Réponse de M. l'abbé Bignon, du 23 du même mois de janvier, pour leur réitérer les offres de ses bons offices auprès de Son Éminence et auprès de M. de Tourny.

Lettre de Messieurs de Saint-Martial à M. l'abbé Bignon, du 29e février 1732, pour luy faire part d'une réponse que M. le cardinal leur a faite le 23 janvier et de la lettre qu'ils ont écrite en réponse à Son Éminence le même jour 29 février. Par sa réponse, M. le cardinal leur mande simplement que l'intention du Roy n'étant pas d'unir à leur chapitre une abbaye à sa nomination, Sa Majesté ne peut augmenter leurs revenus que par l'union des menses conventuelles, s'il s'en trouve quelques-unes à pouvoir proposer. Ces Messieurs, dans leur lettre du 29 février, représentent à Son Éminence qu'ils ne connoissent aucune mense conventuelle dont ils puissent proposer l'union, mais qu'elle a entre les mains beaucoup d'autres moyens de leur procurer un secours plus prompt et plus convenable à leurs besoins. Ils rappellent, sans s'expliquer, ce qui s'est fait depuis peu en faveur du collège de Navarre et de l'abbaye de Saint-Antoine. Ils transcrivent ensuite ce que M. le cardinal écrivit, le 18 juin 1730, à M. de Bourzac, leur abbé, en ces termes: « Je fais examiner les manuscrits du chapitre de

» Saint-Martial. Si Sa Majesté en prend quelques-uns, ce ne sera pas
» gratuitement. A l'égard des secours que vous désirés pour les besoins de
» votre église, il n'est pas possible de les prendre sur les finances du Roy.
» Si l'on peut d'ailleurs trouver quelque expédient praticable, j'y entreray
» volontiers. » Ils prennent, en finissant, occasion de l'achat qu'ils ont
appris que le Roy a fait depuis peu des manuscrits de M. de Seignelay, pour
renouveler leurs plaintes sur la modicité de l'estimation qu'on a faite de
leurs manuscrits.

Réponse de M. l'abbé Bignon à Messieurs de Saint-Martial, du 9 mars
1732, par laquelle il leur témoigne combien il est affligé de voir le peu de
succès de leurs projets, et leur fait voir qu'ils ne raisonnent pas tout à fait
juste dans la comparaison qu'ils ont faite du prix de leurs manuscrits avec
celuy des manuscrits de M. Colbert.

Dernière lettre de Messieurs de Saint-Martial à M. l'abbé Bignon, du
28 mars 1732, dans laquelle ils luy envoyent copie de la nouvelle réponse
que M. le cardinal leur a faite le 10 mars, et de ce qu'ils ont répondu à Son
Eminence le même jour 28 mars.

Ce qu'il y a à remarquer dans la lettre de M. le cardinal, c'est que Son
Éminence assure ces Messieurs qu'à l'égard de leurs manuscrits, si le Roy
en prend quelques-uns, on se fera un plaisir qu'il les paye au dela de leur
estimation.

Dans leur dernière réponse à Son Éminence, Messieurs de Saint-Martial,
après avoir exposé la manière pleine de confiance et de franchise dont ils
ont envoyé à la première sollicitation de M. l'abbé Bignon leurs manuscrits
à la Bibliothèque du Roy, continuent de se récrier contre l'estimation trop
peu favorable qu'en a faite M. de Targny. Ils entrent ensuite dans le détail
de leurs besoins les plus pressans, dont il paroit que le principal consiste
en ce qu'ayant commandé six chandeliers d'argent pour leur église, qui en
manquoit totalement, et ces chandeliers devant couter environ 7000 livres,
dont ils ont déjà donné 2000 à l'orfèvre, ils se trouvent maintenant dans
l'impossibilité de les retirer, parce qu'ils n'ont pas de quoy payer le reste
de la somme. « Ce besoin, ajoutent-ils en finissant, joint à la chute d'une
» de nos églises et à quantité d'autres affaires qui nous sont survenues,
» nous réduit à ne sçavoir plus où donner de la tête. Dans cette triste
» situation, Monseigneur, toute notre confiance est dans la divine provi-
» dence et dans la piété et l'équité de Sa Majesté et de Votre Éminence. »

Lettre de M. le comte de Maurepas à M. l'abbé Bignon, du 19 avril 1732,
par laquelle ce ministre luy témoigne qu'il seroit à propos de charger
Messieurs Sallier et Sevin de l'examen des manuscrits de Saint-Martial, et
il le prie, quand ils luy en auront rendu compte et de ce qu'ils les estiment,
de le luy marquer, aussi bien que de luy rappeller en même tems à quelles
conditions le chapitre les avoit offerts.

On a cru ne pouvoir mieux exécuter les ordres de M. de Maurepas par
raport à ce dernier article de sa lettre qu'en mettant sous ses yeux, comme
on vient de le faire, un précis fidèle de toute la suite de cette négociation.

(Bibl. Nat., ms. latin 9373, p. 207-211.)

Lettre de M. de Tourny, intendant de Limoges, à l'abbé Bignon.

A Limoges, le 17 aoust 1731.

Monsieur,

Je n'ay différé jusqu'à ce jour à répondre à la lettre que vous m'avez fait l'honneur de m'écrire au sujet des manuscrits du chapitre de Saint-Martial, que parce que j'espérois avoir bientôt tous les éclaircissements dont j'ay besoin, pour rendre compte à M. le cardinal tant de l'état de l'abbaye de Solignac, dont ce chapitre demande l'union, que de celuy d'un autre bénéfice régulier dont l'union pouroit aussi convenir, Son Éminence m'ayant marqué, par une lettre du 2 février, qu'elle trouveroit plus à propos que ce fût un bénéfice de cette nature. Je me proposois, Monsieur, d'avoir l'honneur de vous écrire en écrivant à Son Éminence, et de vous envoier en mesme temps copie de ma lettre. Mais les éclaircissements tardant trop à venir, vous me pouriez croire peu exact si je différois plus longtemps. D'ailleurs, le plaisir de profiter de quelques relations avec vous est trop flateur pour que je ne me sente pas pressé de le saisir.

Si les manuscrits du chapitre de Saint-Martial sont en grande réputation parmi les sçavans, ce saint est encore en une plus grande vénération dans ce pais. La châsse fut portée le douze de ce mois en procession par les rues de la ville, pour demander à Dieu des pluies qu'il refuse depuis long temps à nos besoins. C'est comme dans Paris la procession de sainte Geneviève. L'intercession du saint n'a pas été infructueuse : la pluie a commencé de ce jour là, et depuis nous en avons toujours eu un peu de tems en tems. La mesme chose un mois plus tôt auroit bien diminué de la misère du païs; elle sera extrême cet hiver, n'ayant ny menus grains ny engrais de bestiaux.

Puisque je suis sur saint Martial, me permettrez vous de vous raporter un discours original qui fut tenu à son occasion ces jours cy par un païsan, et qui vous marquera bien comment le peuple en pense ? « Saint » Martial, disoit-il en son patois, est un grand saint ; il est si grand qu'il » eût été Dieu s'il eût voulu ; mais cela donne trop de peine. » Quel contraste d'idées et sur la Divinité et sur le saint !

Je m'apperçois, Monsieur, que je me laisse trop aller à l'occasion de m'entretenir avec vous. Le plaisir m'emporte, le respect devroit m'arrêter. Vôtre bonté m'excusera; vous m'en avez donné tant de marques; j'ay l'honneur de vous demander celle cy, et de me croire, avec le plus respectueux attachement,

Monsieur,

votre très humble et très obéissant serviteur,

De Tourny.

(Bibl. nat., ms. latin 9373, p. 175.)

Lettre de Maurepas annonçant à l'abbé Bignon qu'une somme de 5,000 livres est accordée au chapitre de Saint-Martial.

A Compiègne, le 17 mai 1732.

Le Roy a, Monsieur, accordé aux chanoines et chapitre de Saint-Martial de Limoges 5000 livres pour le paiement de leurs manuscrits. Je leur en donne avis aujourd'huy, en leur marquant de me faire sçavoir au nom de qui ils souhaitent que je fasse expédier l'ordonnance. Je leur observe aussi que Sa Majesté a bien voulu accorder 2000 livres de plus que ces manuscrits n'avoient été estimés, parce qu'elle sçait les besoins de leur église....

(Bibl. nat., ms. latin 9373, p. 215.)

Remerciment adressé par le chapitre de Saint-Martial à l'abbé Bignon.

A Limoges, le 30 may 1732.

Monseigneur,

Aussitôt que nous eumes reçu la lettre de Monsieur le comte de Maurepas par laquelle il nous fait l'honneur de nous donner avis que Sa Majesté a bien voulu nous gratiffier de la somme de cinq mil livres, nous mimes sur le champ la main à la plume pour vous faire nos très humbles remerciments. La lettre estoit preste à estre mise à la poste, lorsque nous avons reçu celle que vous nous avez fait l'honneur de nous écrire, laquelle nous a causé une nouvelle joye et nous a paru donner un nouveau mérite à la gratiffication qu'il a plu au Roy de nous accorder.

Nous n'avons jamais douté, Monseigneur, que vos bons offices n'ayent beaucoup influé dans la réussite de cette affaire, et nous ne sçaurions jamais assés vous exprimer combien nous avons esté sensibles à touttes vos bontez et vos bonnes manières. Permettez-nous, Monseigneur, de vous en demander la continuation. Nous la méritons en quelque façon par les sentimens de reconnoissance dont nous serons éternellement pénétrez à vostre égard et par le profond respect avec lequel nous avons l'honneur d'estre,

Monseigneur,

Vos très humbles et très obéissans serviteurs,

Les abbé et chanoines de l'église de Saint-Martial de Limoges :

Durand, prevost; Roulhac, Tranchant, Dartigeas, Chavepeyre, Roulhac, Martin, Veyrier, Joubert, Romanet, Malevergne, Pichon, Periere de Proximart.

(Bibl. nat., ms. latin 9373, p. 219.)

3

BIBLIOTHECA

INSIGNIS

ET

REGALIS ECCLESIÆ

SANCTISSIMI MARTIALIS

LEMOVICENSIS;

SEU

CATALOGUS

LIBRORUM MANUSCRIPTORUM

Qui in eàdem Bibliothecà affervantur,

Juxta rectum ordinem difpofitus, & in quatuor Claffes diftributus

PARISIIS,

Apud Fratres BARBOU, viâ Jacobæâ,

fub Ciconiis.

MDCCXXX.

MONITUM LECTORI.

Hi sunt Libri manuscripti, qui nunc in famosâ nostrâ Divi Martialis Lemovicencis Bibliothecâ servantur : eorum autem in concinnando Catalogo, non tam sedulò in suâ Classe eos nobis licuit collocare, quin, qui in prima, verbi gratiâ, vel secunda numerantur, attingant ad tertiam et quartam, et vice versâ. Ratio hujus eversionis hæc est, quòd religatis de novo Libris ab Heliâ de Brolio, annis 1265. et 1270. ut ipsius verbis utamur, (ut impensis parceret, neve Libri supra modum excrescerent,) Codices sine ullo delectu, perpensâ solùm eorum mole, fecit connectere : at parvi interesset, Codices non rectè fuisse dispositos, si extarent qui desiderantur. Constat enim multò plures extitisse ex triplici Catalogo [duodecimi sæculi], quem præ manibus habemus : Fatendum igitur alios dolo sublatos, alios usu et vetustate fuisse penitus absumptos, commodatos quosdam ad nostram Bibliothecam rediisse nusquam.

Hîc advertat Lector, nullos Scholasticos Authores à Petri Lombardi et Comestoris temporibus Thecam Sancti Martialis nequidem salutasse, quod est inconcussa ipsius vetustatis nota : nihil enim de SS. Thomâ et Bonaventurâ, et aliis Scholasticis nobis licuit reperire.

Lectorem iterùm rogatum volo, ne offendatur vocibus quibus utimur in concinnando præsenti Catalogo, eas quippe ut plurimum ex ipsismet Librorum Elenchis desumpsimus : Codices enim oculis tantùm quasi advolando percurrimus.

Ad Primam Classem reducuntur Biblia et Glossæ, seu Expositiones Scripturæ Sacræ.

Ad Secundam, antiqua Missalia, Antiphonalia, Gradualia, Ritualia, Breviaria, Martyrologia, Legendaria, Ceremonialia, Homiliæ et Sermones de Sanctis; Rationalia de Divinis Officiis, etc.

Ad Tertiam, Concilia, Sancti Patres et Authores Ecclesiastici.

Ad Quartam denique, Doctores Juris Canonici et Civilis, Philosophi, Medici, Historici, Poëtæ et Oratores, etc.

BIBLIOTHECA

INSIGNIS ET REGALIS ECCLESIÆ

SANCTISSIMI MARTIALIS

LEMOVICENSIS.

PRIMA CLASSIS,

Complectens Biblia et Glossas seu Expositiones
Sacræ Scripturæ

1. Biblia Sacra, in folio maximo, noni sæculi, in quo continentur Deuteronomium. Josue, Judices, Isaïas, Jeremias, Ezechiel, Daniel, duodecim Prophetæ Minores, Job, et octoginta priores Psalmi. Scripta fuit hæc Biblia anno 853. — **Nº 5 du fonds latin.**

2. Ejusdem Bibliæ volumen alterum, in folio maximo, noni sæculi, complectens Librum Ruth, quatuor Libros Regum, Proverbia, aliquam partem Ecclesiastes, Canticum Canticorum, Librum Sapientiæ, Ecclesiasticum, duos Libros Paralipomenon, Esdram, Esther, Tobiam, Judith, Machabæos, quatuor Evangelia, cum Canonibus et Canonum Titulis; Gesta Apostolorum, cum septem Epistolis Canonicis; Epistolas Pauli et Apocalypsim. Sequitur Epistola Sancti Ambrosii, etc. quædam Bulla. — **Tome II du nº 5 du fonds latin.**

3. Alterius Bibliæ volumen unum annorum 650. in folio maximo; in quo continentur, Pentateucus, Josue, Judices, Ruth, majores et minores Prophetæ, Job, et Psalmi, quorum ultimus CLI. apud LXX. Interpretes reperitur. — **Tome I du nº 8 du fonds latin.**

4. Ejusdem Bibliæ volumen alterum, in folio maximo, in quo continentur quatuor Libri Regum, Proverbia, Ecclesiastes, Canticum Canticorum, Sapientia, Ecclesiasticus, duo Libri Paralipomenon,

duo Libri Esther, Tobias, Judith, duo Libri Machabæorum, quatuor Evangelia, Acta Apostolorum, Epistola Jacobi Canonica, ambæ D. Petri, tres D. Joannis, unicâ Judæ, et quatuordecim Pauli ; cum Epistolis Sancti Hieronymi ad unum quemque Librum, annorum 650. — **Tome II du n° 8 du fonds latin.**

5. Glossa supra Isaïam et Jeremiam, Authore Gilberto Autisidiorensi Diacono, in folio, annorum 500. cui subscripsit ipse Gilbertus. — **N° 148 du fonds latin.**

6. Glossa in quatuor Evangelia ejusdem Gilberti, in fol. ann. circiter 400. — **N° 623 du fonds latin.**

7. Collectanea septem Epistolarum Canonicarum, Actuum Apostolorum, Apocalypseos, Sermonum Sancti Hieronymi de Assumptione, Sancti Joannis Chrysostomi de Beata Virgine, et de Nativitate ejusdem ; Sermones Alcuini ad Carolum Magnum ; ejusdem, de Hypapanthe Domini ; Librorum Ezechielis et Isaïæ, qui leguntur per Adventum ; de Genesi et Jeremia, toto Passionis tempore ; plurimarum Homiliarum Divi Gregorii, Venerabilis Bedæ, Sancti Hieronymi, Fulgentii, in fol. annorum saltem 500. Hæc enim omnia in uno volumine colligata sunt à Bernardo Iterii [*vel potius* Helia de Brolio], an. 1264. — **N° 315 du fonds latin.**

8. Commentarium in Lucam et Joannem, Autoris incogniti, in folio parvo, annorum 350. — **N° 637 du fonds latin.**

9. Collectanea complectentia Vitam sanctorum Pardulphi et Barnabæ Apostoli ; aliquid de Cantico Canticorum ; fragmentum Proverbiorum et Ecclesiastes ; Cantica Canticorum integra et explanata, Librum Sapientiæ, Ecclesiasticum ; Vitam Sancti Martialis authore sancto Aureliano ejus successore. Hæc omnia à variis manibus et diversis annis scripta sunt ; eorum quædam nobis videntur annorum 700, alia 600, alia 500. — **N° 5363 du fonds latin.**

10. Pars aliqua Bibliorum, ubi Genesis, Numeri, Leviticus, Deuteronomium et Josue, cum adjunctis Sancti Hieronymi Præfationibus, includuntur ; hunc codicem comparavit Bernardus Iterii, anno 1223. — **N° 54 du fonds latin.**

11. Capitularia Lectionum et Evangeliorum quæ per annum leguntur ; in hoc codice reperitur genus quoddam Concordantiæ columnis distinctæ, maximâ attentione dignæ : si fides habeatur inscriptioni infrà positæ, illud volumen est annorum 923. — **N° 260 du fonds latin.**

12. Textus Actuum Apostolorum, quorum præ vetustate deest initium ; unica Jacobi Epistola ; Petri prima et secunda ; Joannis, prima, secunda et tertia ; Pauli quatuordecim ; Judæ unica. Item Textus quatuor Evangeliorum, annorum circiter 500. — **N° 306 du fonds latin.**

13. Codex in quo in unum coadunantur Liber Baruc, Vita Sancti Nicolai per Joannem Diaconum servum Sancti Januarii ; fragmenta Proverbiorum ; expositiones in Lamentationem Jeremiæ ; tres Sermones ignoti Autoris ; Vita Sancti Hilarii Pictaviensis Episcopi, cum Officio ejusdem à Fortunato ; Regula Sancti Basilii ; Liber Sententiarum ; duo Sermones Sancti Augustini de Nativitate Domini ; Explanationes Orationis Dominicæ, in octavo, annorum 550. — **N° 196 du fonds latin**.

14. Fragmentum Martyrologii, Liber Proverbiorum, Ecclesiastes, Canticum Canticorum, in quarto, annorum 500. — **N° 5552 du fonds latin**.

15. Augustini Expositio in Psalmos usque ad Psalmum quinquagesimum, à quodam Marbodo transcripta, in folio, annorum saltem 700. In ejus fine additum est Necrologium anni 1220. — **N° 1993 du fonds latin**.

16. Ejusdem Augustini Expositio Psalmorum, à quinquagesimo et infrà ; idem de Fide Orthodoxà, in folio, annorum saltem 700. — **N° 1987 du fonds latin**.

17. Sancti Grægorii Papæ Expositio in Job, cum Præfatione ejusdem Grægorii, in fol. annorum 700. — **Tome I du n° 2208 du fonds latin**.

18. Sancti Hieronymi Libri quatuordecim in Ezechielem, in fol. annorum 700. — **N° 1824 du fonds latin**.

19. Commentaria ejusdem Hieronymi in Ozeam Libri tres, totidem in Jonam, Nahum, Abdiam et Zachariam ; aliquid super Michæam absque initio ; Libri duo in Abacuc, Sophoniam, Aggæum et Malachiam ; item Tractatus Isidori, de ortu et obitu Prophetarum ; item Commentarium Hieronymi super Danielem, annorum 600. — **N° 1835 du fonds latin**.

20. Expositio in Psalmos, et in fine Præfationis legitur : *Maximini Aurelii Imp. Cassiodori Senatoris jam Domino præstante Conversi explicit præfatio*, annorum 700, et ultrà. — **N° 2195 du fonds latin**.

21. Commentarium Hieronymi in Isaïam, annorum 500. — **N° 1813 du fonds latin**.

22. Commentarium Sancti Augustini in aliquot Psalmos, in fol. ann. 600. — **N° 1978 du fonds latin**.

23. Idem Augustinus in Epistolas Joannis, in quarto, annorum 500. — **N° 2719 du fonds latin**.

24. Bedæ Præsbyteri, Expositio Petri, Joannis, Jacobi et Judæ, anni 1222. in quarto. — **N° 2367 du fonds latin**.

25. Ejusdem Bedæ Expositio de Moysis Tabernaculo Libri tres ; Ejusdem Expositio Cantici Abacuc, in fol. annorum 500. — **N° 2372 du fonds latin**.

26. Explanatio Cantici Canticorum; Commentarium in Epistolas Pauli; alia Cantici Canticorum Expositio, cum glossâ interlineâ; de Etimologiâ quorumdam Vocabulorum; Sermones aliqui, in octavo, annorum 500. et 400. — N° 567 du fonds latin.

27. Canticum Canticorum Glossatum; Expositio Epistolæ Sancti Jacobi, ex Beda; Sancti Petri primæ; Sancti Joannis primæ, secundæ, tertiæ; fragmentum Expositionis in Job; quidam Sermones Authoris incogniti; Tractatus Metaphysici, in quarto, annorum 500. et 400. — N° 483. du fonds latin.

28. Expositio in Job, in Acta Apostolorum, in Epistolas Petri, Joannis et Judæ, Commentaria in Apocalypsim, in folio, anni 1400. N° 404 du fonds latin.

29. Comestor in Acta Apostolorum, Tractatus de Logicâ, de Episcopis; Sermones aliquot qui videntur esse Sancti Bernardi; Epistolæ Yvonis Carnotensis Episcopi, in quarto, annorum partim 500. partim 450. — N° 5505 du fonds latin.

30. Epistolarum Sancti Pauli Apostoli Explanatio, in folio parvo, annorum saltem 500. — N° 656 du fonds latin.

31. Paterii Opuscula, ex Dictis Sancti Grægorii Papæ excerpta; Liber primus in Genesim, secundus in Exodum, tertius super Leviticum, quartus super Numeros, quintus super Deuteronomium, sextus super Josue, septimus et octavus super primum et secundum Regum, nonus super Psalmos, in quarto, annorum 700. — N° 2303 du fonds latin.

32. Commentarium in Epistolas Pauli, in duodecimo, an. 300. — N° 3742 du fonds latin.

33. Explanatio Locorum Scripturæ Sacræ: de Grammaticæ regulis: de variis Rebus Theologicis, in quarto, annorum 350. — N° 3804 A du fonds latin.

34. Grægorius Papa in Ezechielem Prophetam; idem in ultimam Visionem ejusdem Prophetæ, in folio, ann. 700. In ejus initio videre est Tabula Paschalis perantiqua. — N° 2236 du fonds latin.

35. Sancti Hieronymi Præsbyteri Libri Propheticarum Explanationum: in Ozeam Libri tres, in Amos totidem, in Abdiam Liber unus: Vita S. Valerii, in fol. ann. 700. — N° 1834 du fonds latin.

36. S. Hieronymi Expositio in Psalmos: Sermo de Reconciliatione: S. Porcarii Abbatis Monita: Admonitio in eos qui dicunt, *si mala non fecerint, licet bona implere noluerint:* Sententia de Moribus B. Job: S. Augustini Sermones tres ad Populum: Ordo Paschalis: Interpretatio Alphabeti Hebræorum: S. Hieronymi Expositio in Isaïam, in octavo, annorum 750. — N° 2675 du fonds latin.

37. S. Joannis Chrysostomi Commentaria in Epistolam ad Hebræos, in fol. ann. 800. Hujus Codicis initio legitur Authentica Reliquiarum cujusdam Capsæ argenteæ in sinistro latere veteris Altaris positæ. Deinde sequitur Descriptio Rei ærariæ S. Martialis, anni 1221. in festo S. Barnabæ. Extat in fine Charta cujusdam Doni ad Prioratum de Pona, anno decimo Lotharii, qui respondet ad an. 850. — N° 1785 du fonds latin.

38. Origenes super Leviticum, in duodecimo, ann. 600. — N° 2965 du fonds latin.

39. Rabanni Mauri in quatuor Libros Regum Expositio : Libri quatuor ad Hilduinum Abbatem : Bedæ Questiones in Libros Regum. Initio hujus Codicis hæc leguntur : *Hunc Librum fecit facere Gaucelinus Armarius ad servitium S. Martialis :* variorum temporum, quorum ultimum est an. 600. — N° 2428 du fonds latin.

40. S. Odonis Expositio in Job. Extat initio quædam Præfatio quam scripsit Bernardus Iterius, hujus Loci Armarius, post annum 1210. in quarto, ann. 600. — N° 2455 du fonds latin.

41. Expositio in Isaïam Prophetam, authoris incogniti, in fol. In fine additur ab Amanuensi, *Hic Liber est scriptus anno 1202. pridie Nonas Aprilis, regnante in Franciâ Philippo, episcopante Joanne (Lemovicis.)* Deinde, *Hunc Librum fieri fecit Gaucelinus Bernardus ad honorem et servitium S. Martialis Lemovicensis.* — N° 2406 du fonds latin.

42. Sancti Hieronymi Commentariorum Libri quatuor in Evangelium Matthæi, cum Indice Evangeliorum, in folio, annorum 650. — N° 1842 du fonds latin.

43. Fragmentum Epistolarum Pauli, cum Glossâ, in quarto, annorum 500, in quo integra ad Corinthios Epistola glossata legitur. — Pas entré à la Bibl.

SECUNDA CLASSIS

Complectitur antiqua Missalia, Antiphonalia, Gradualia, Ritualia, Breviaria, Martyrologia, Legendaria, Ceremonialia, Homilias, et Sermones de Sanctis, Rationalia de Divinis Officiis, etc.

44. Missale perantiquum annorum saltem 700, quod emit Bernardus Iterii, Armarius Sancti Martialis, pretio quinque solidorum, à Wilhelmo Marcel, anno 1210, In Canone inter Sanctas Occidentis nume-

ratur Beata Valeria Virgo et Martyr, imò totius Aquitaniæ Protovirgo et Martyr; et post verba *Libera nos Domine*.... *intercedente B. M*.... additur, *Beatis Stephano, Hilario, Martino, Augustino, Grægorio, Benedicto et Nicolao,* in folio, ad usum Diœcesis Lemovicensis. — **N° 821 du fonds latin.**

45. Legendarium antiquum Evangeliorum et Epistolarum totius anni, cum præconio Paschali notato punctis atque lineis, in quarto, annorum saltem 600. — **N° 895 du fonds latin.**

46. Antiquum Breviarium ad usum Chori, in quo Lectiones cum Responsoriis ad planum canendi modum delineantur, annorum 400. — **N° 785 du fonds latin.**

47. Epistolæ Missarum totius anni de Tempore et Festis, in quarto, annorum 400. — **N° 890 du fonds latin.**

48. Item aliud Epistolarium, minoris magnitudinis, in quarto minori, annorum 450. — **N° 1125 du fonds latin.**

49. Graduale cum plano canendi modo, absque lineis, annorum saltem 700. in folio, cujus initio leguntur tres quatuorve chartæ archetypæ, anni 1028. — **N° 903 du fonds latin.**

50. Kalendarium ad usum Sancti Martialis, cum Psalterio ad usum Chori, in fol. an. 300. — **N° 774 B du fonds latin.**

51. Lectionarium cum Responsoriis in plano cantu, absque lineis, in fol. annorum saltem 450. — **N° 781 du fonds latin.**

52. Psalterium cum Responsoriis notatis eo quo canuntur modo in Vigiliis Defunctorum, annorum 300. — **N° 774 A du fonds latin.**

53. Item, aliud Psalterium cum Responsoriis notatis, ejusdem ætatis. — **N° 774 C du fonds latin.**

54. Fragmentum Veteris Lectionarii, cum Responsoriis notatis, annorum 400. — **N° 777 du fonds latin.**

55. Antiquum Breviarium, complectens officia totius anni, in folio majori, ann. 300. — **Pas entré à la Bibl.**

56. Magnum Lectionarium Sancti Martialis, majori caractere exaratum, in fol. ann. 250. — **N° 810 du fonds latin.**

57. Statuta Monachorum Sancti Martialis ad Divinum Officium, imò ad Monasticam Vitam maximè spectantia, in fol. ann. 500. in quo legimus collationem, seu, ut aiunt, *vidimus,* cujusdam chartæ anni 1202. factam an. 1302. — **Pas entré à la Bibl.**

58. Breviarium cum Responsoriis notatis, in folio, annorum 400. — **N° 783 du fonds latin.**

59. Breviarium ad usum Monachorum Sancti Martialis, in octavo, ann. 300. — **N° 1042 du fonds latin.**

60. Ordo Divini Officii recitandi ad usum Monasterii Sancti Martialis, in octavo, annorum saltem 685. In illo plurima, et quidem

notatu digna, quæ hîc recensere non possumus, legimus. —
N° 1085 du fonds latin.

61. Antiquum Breviarium notatum sine lineis, in octavo, ann. 550.
— Pas entré à la Bibl.

62. Præparatio Cycli Decemnalis Paschalis Concilii Nicæni, edita
à CCCXXV. Episcopis, annorum saltem 400. — N° 609 du
fonds latin.

63. Officium Sanctæ Crucis notatum cum punctis absque lineis;
item Commentaria Sancti Hieronymi in Epistolas Pauli ad Galatas, ad
Ephesios, ad Titum et Philemonem, in fol. ann. 600. — N° 1854
du fonds latin.

64. Legendarium, in quo plurimorum Sanctorum Vitæ exarantur,
in fol. ann. 650. — N° 5301 du fonds latin.

65. Amalarius de Divinis Officiis, Canones Conciliorum Græcorum
et Latinorum, Gesta Summorum Pontificum, Sancti Clementis Papæ
ad Jacobum; Canones Abbonis Abbatis de Ornamentis Ecclesiæ
Romanæ; Capitulare Ordinis Ecclesiastici sicut Romæ celebratur;
Fides Nicæni Concilii, cum Subscriptionibus Patrum; Altercatio
Apollonii Philosophi cum Zachæo Christiano, in quarto, ann. partim 500. partim 400. — N° 2400 du fonds latin.

66. Martyrologium Lemovicense, ad usum Monasterii Santi Martialis, in quo continentur nomina Monachorum, Fratrum et Benefactorum defunctorum, ab. an. 608. usque ad an. 1139. in quarto. —
N° 5257 du fonds latin.

67. Allegoriarum Utriusque Testamenti Libri octo, qui videntur
esse Sancti Isidori; Tractatus de Festis, Temporibus, Officiis, et
Ceremoniis Ecclesiasticis; Explanatio Cantici Canticorum; Sermones
plurimi; Expositio Orationis Dominicæ, in quarto, ann. 400. —
N° 585 du fonds latin.

68. Regula Grammaticæ, Antiphonæ et Versiculi sine notis; Tractatus de Pronis et Versiculis; Lectiones aliquot de Scripturâ; Sermones varii, in quarto, ann. 500. — N° 7562 du fonds latin.

69. Ceremoniale Festorum, et Preces in Processionibus dicendæ;
et Ratio moralis horum Festorum; Collectanea ex dictis Sancti
Augustini, et intermixtim aliorum quorumdam; Officia Breviarii de
Communi, ab Apostolis usque ad Virgines, in octavo, ann. 600. 500.
et 450. — N° 1341 du fonds latin.

70. Breviarium, cum Responsoriis notatis punctis, ann. plusquam 600. — N° 743 du fonds latin.

71. Explanatio Ceremoniarum Missæ; Tractatus de Judicibus et
Judiciis, in quarto, ann. 500. — N° 732 du fonds latin.

72. Martyrologium perantiquum, et Necrologium S. Martialis,
ubi multa leguntur Confraternitatum Acta, ab anno 1040. ad XIII.

usque sæculum. Adsunt inibi Regula Sancti Benedicti, et effigies Christi vetustissima, in quarto, ann. 800. — N° **5243 du fonds latin**.

73. Instructio Catechumeni ; Expositio Evangelii *Designavit,* ex Sancto Grægorio Papa ; Instructio Sacerdotum circa Sacramenta : ibi maximè verba Missæ explicantur; Expositio super Simbolos Apostolorum et Sancti Athanazii ; Sermones de Nativitate, in quarto, ann. 600. — N° **1012 du fonds latin**.

74. Expositio penè verborum omnium Missæ à quodam Doctore : parvus Tractatus de Baptismo et Eucharistia, ex Patribus sumptus : Expositio Simboli Apostolorum : de diversis Ceremoniis et Verbis Missæ, tam privatæ quàm solemnis et Episcopalis : de Missa Episcopali in Ordinationibus : de Baptismi Ceremoniis : Variæ Collectæ, Versiculi, et Precationes ad Contritionem excitantes, in duodecimo, annorum 550. — N° **1248 du fonds latin**.

75. Breviarium parvum, incipiens circa Festum Sanctorum Petri et Pauli, et desinens Communi Virginum, annorum 500. — N° **1253 du fonds latin**.

76. Litaniæ Sanctorum Veteris et Novi Testamenti in quàcumque tribulatione recitandæ : Collectæ, Orationes, Confessio ampla peccatorum, plures Preces seu Versus Deprecatorii : Sibillarum Prophetiæ : Isidori Liber, continens Lamentum Animæ, in quarto, an. 600. — N° **1154 du fonds latin**.

77. Benedictiones et Capitula Sanctorum ad Vesperas et Laudes, Orationes in Officio Defunctorum, Missæ Adventûs, Collectæ pro Sanctis, quædam Missæ de Communi, in quarto, annorum 300. — N° **1013 du fonds latin**.

78. Kalendarium Sanctorum, Præfationes, Communicantes, Evangelia et Epistolæ ex Missali desumptæ, in quarto, an. 700. Ibi legimus Authenticam de Sacro Crucis Domini Ligno anni 1221. mense Octobri. In corpore hujus Codicis inspiciuntur vetustissimæ Christi effigies, cum Canone Missæ antiquissimo. — N° **822 du fonds latin**.

79. Orationes Missarum ab Adventu usque ad Cœnam Domini, et Officium Missæ usque ad Pascha ; item Præfationes, et Communicantes propriæ de Sanctis per annum ; Benedictiones Calicis et Patenæ, Monachi induendi, in fol. an. 500. In ejus fine legitur Kalendarium ipso Codice multò vetustius. — N° **910 du fonds latin**.

80. Manuale Precum ad Benedictionem Aquæ et Panis ; Benedictio Abbatis, Novitii, etc. Ordo Cathecumenum faciendi ; Benedictiones Episcopales ; Orationes officii Divini per annum ; Benedictio Ramorum ; Orationes pro Moribundo ; Officium pro Defunctis, cum

Ordine Officii et Cyclo anni 1135. in quarto majori, an. 650. —
N° 944 du fonds latin.

81. Graduale notatum, in octavo, sine initio et fine, annorum 500.
— **N° 1133 du fonds latin.**

82. Responsoria, Hymni, Kyrie, cum Cantu Grægoriano, ann. 550.
Extat inibi Catalogus Librorum qui tunc temporis servabantur in
Bibliothecâ Sancti Martialis. — **N° 887 du fonds latin.**

83. Ordo ungendi infirmos, et Orationes super infirmos faciendæ;
Kalendarium Sanctorum ad usum Sancti Martialis; Ordo servandus
erga infirmum morte detentum; Prosæ de Sanctis notatæ cum
punctis; Orationes ad Crucem adorandam; Antiphonæ de Sanctis et
de Tempore; Responsoria ad Processiones; Præconia Pascatis et
Pentecostes pro Papa, Imperatore, Rege, Episcopo et Abbate Sancti
Martialis : Porro hîc propriâ manu Scriptoris recensentur Joannes,
Rodolphus, Turpio Episcopus Lemovicensis, Stephanus Abbas Sancti
Martialis, ex quo patet, hunc Codicem esse ann. 800. scilicet circa
923. vel 924. Item Vita S. Odonis in eodem volumine; passiones
SS. Leodegarii, Fidis Virginis, Margaritæ Virginis, Wilhelmi Confes-
soris; Sermo de Nativitate; Homiliæ Bedæ de Ramis Palmarum, et
de Octavâ Ascensionis; viginti et septem Hymni. Hæc omnia anno-
rum 500. usque ad Sermonem de Nativitate : Sermones verò de
Nativitate et Sancti Benedicti, annorum circiter 600. Vita Sancti
Wilhelmi, annorum 500. Reliqua videntur annorum plusquàm 400.
in quarto. — **N° 1240 du fonds latin.**

84. Ceremoniale agendorum in Festivitatibus, et Officium per
annum; plures Benedictiones Ornamentorum; Officium Sepulturæ,
in duodecimo, annorum partim 500. et 450. — **N° 1320 du fonds
latin.**

85. Sancti Grægorii Homiliæ undecim in Ezechielem, ejusdem
Homiliæ decem in ultimam partem Visionis Ezechielis, Vita Sancti
Hugonis Cluniacensis per Hilbertum Episcopum Cœnomanensem,
in fol. ann. 600. — **N° 2239 du fonds latin.**

86. Sancti Joannis Chrysostomi Homiliæ in quinquagesimum
Psalmum et alios duos : Homiliæ de Diversis, maximè in quatuor
Evangelia : Homiliæ : seu Liber *quod nemo læditur, nisi à seipso.*
Sancti Grægorii Papæ Dialogi, quorum desunt initium et finis, in
quarto majori, partim ann. 750. et partim 500. Ante Dialogos exstat
Instrumentum anni 1249. cum serie quorumdam Abbatum Sancti
Martialis Lemovicensis. — **N° 2651 du fonds latin.**

87. Sancti Joannis Chrysostomi Homiliæ triginta quatuor in Epistolam ad Hebræos. Initio hujus Codicis sunt duo Sermones de Corpore Christi, in fol. ann. 750. — **N° 1784 du fonds latin.**

88. Hymni cum plano canendi modo notati punctis absque lineis :

item Officium Beatæ Mariæ, in duodecimo, annorum 600. —
N° 3719 du fonds latin.

89. Antiphonæ, Prosæ, et Responsoria de variis Festis, cum cantu
punctuato sine lineis, in duodecimo, annorum 700. — **N° 1138
du fonds latin**.

90. Orationes, Lectiones ex Scripturâ Sacrâ, ex S. Augustino, ex
Breviario, et aliis Scriptis desumptæ : Vita S. Maioli : Vita S. Austre-
gezilli, in duodecimo, ann. partim 600. 500. et 400. — **N° 1254
du fonds latin**.

91. Usuardi Martyrologium : Regula S. Benedicti, cum vetustis-
simâ Salvatoris figurâ, extante hinc inde S. Martiale et S. Benedicto :
Præconia Beatæ Mariæ Virginis notata punctis : Legenda ex Evangelio per annum : de modo faciendi Confraternitates seu Societates,
quidque erat pauperibus distribuendum : Necrologium Monachorum
Abbatum et Benefactorum ; fragmentum Catalogi Librorum S. Martialis, in fol. ann. 600. — **N° 5245 du fonds latin**.

92. Responsoria ad Processiones totius anni, cum Antiphonis
plurimorum Sanctorum, in octavo, ann. 300. — **N° 1119 du
fonds latin**.

93. Responsoria, Prosæ, Antiphonæ Temporis et Sanctorum,
cum *Kyrie et Gloria in excelsis, Sanctus* et *Agnus Dei,* cum cantu ad
unicam lineam directo, in quarto, ann. 500. — **Tome II du
n° 1088 du fonds latin**.

94. Prosæ, Responsoria, et Antiphonæ de Festis et Sanctis, cum
Cantu et punctis. *Circa medium sunt Libri de Demonstratione Topi-
corum,* qui videntur esse Aristotelis, in octavo, annorum 700. Ibi
legitur Chronologia Bernardi Iterii. — **N° 1118 du fonds
latin**.

95. Hymni, Responsoria, et alia id generis notata punctis, in
quarto, ann. 700. — **N° 1338 du fonds latin**.

96. Antiphonæ, Prosæ, Responsoria. *Kyrie, Sanctus, Agnus
Dei,* etc. notata punctis, in quarto, ann. 700. — **N° 1086 du
fonds latin**.

97. Volumen aliud eadem complectens, in octavo, ann. 700. —
N° 1120 du fonds latin.

98. Idem quod suprà, ann. 700. — **N° 1084 du fonds latin**.

99. Deprecationes et Benedictiones ante Lectiones Officii, cum
Kalendario Festorum et Capitulorum totius anni ; Modus adminis-
trandi Sacramenta Monachis infirmis, et de Sepulturâ Mortuorum,
ann. 400. — **N° 741 du fonds latin**

100. Hymni, Responsoria, et Antiphonæ Festorum per annum,
notata punctis, in octavo, ann. 700. — **N° 1139 du fonds latin**.

101. Antiphonarium cum Responsoriis, Prosis et Hymnis punc-

tuatis, in quarto, ann. 700. Extant initio nomina quorumdam Defunctorum. — N° **1121 du fonds latin.**

102. Antiphonarium cum Responsoriis punctuatis, in octavo, annorum 700. In ipso depictæ sunt quædam figuræ perantiquæ. — **N° 909 du fonds latin.**

103. Responsoria et Antiphonæ, cum plano canendi modo, in folio parvo, ann. 500. — **N° 784 du fonds latin.**

104. Responsoria, Antiphonæ, et *Alleluya* notata punctis, in duodecimo, ann. 700. — **N° 1134 du fonds latin.**

105. Responsoria, Antiphonæ, et Hymni notati punctis, in duodecimo, ann. 700. — **N° 1135 du fonds latin.**

106. Joffredi Sermonarium, ex Homiliis Patrum de Tempore, et Festis, et Communi sanctorum, in fol. an. 700. — **N° 3785 du fonds latin.**

107. Cycli decemnovales viginti octo, in quorum fine legitur : *Explicit Annus magnus Paschalis.* Epistola Joannis de Apostolatu Sancti Martialis, anni circiter 1039. S. Grægorii Papæ Dialogi, ann. 500. Liber Evangeliorum ad Matutinum, ann. 700. cum Collectis adjunctis ; Officium Sanctæ Trinitatis, et Cathedræ S. Petri, cum Hymnis Sancti Martialis, et Lectionibus S. Andreæ, Nativitatis Domini, Circumcisionis, Epiphaniæ, et Purificationis, saltem ann. 500. Sancti Grægorii duæ Homiliæ ; Vita Sanctorum Justiniani atque Pardulphi ; ejusdem antiquitatis, in fol. cujus initio adest Instrumentum anni 1220. pro Convocatione Capituli Generalis, cui interfuerunt Monachi numero centum et quinquaginta. — **N° 5240 du fonds latin.**

108. Antiphonæ, Responsoria, Prosæ cum punctis, in octavo, ann. 700. — **N° 1137 du fonds latin.**

109. Homiliæ Sanctorum Patrum, à Sabbato Sancto usque ad Dominicam quartam post Pentecosten ; Sermones de Sancto Joanne Baptista et de Sanctis Petro et Paulo ; Liber Sancti Joannis Chrysostomi de David et Goliath ; aliæ Homiliæ usque ad Dominicam decimam post Pentecosten ; Sermo de S. Laurentio ; Homiliæ de reliquis Dominicis post Pentecosten ; Homiliæ de Communi et de Vigiliâ Dedicationis, de Jejunio, de Doctoribus et Circumcisione, in fol. ann. 700. — **N° 1897 du fonds latin.**

110. Antiphonarium, cum plano canendi modo, in octavo, ann. 300. **N° 1088 du fonds latin.**

111. Graduale pervetustem, cum cantu absque lineis punctuatis, in octavo, ann. 600. — **N° 1132 du fonds latin.**

112. Legendarium, cum Responsoriis notatis. Deest initium et finis, in quarto, ann. 700. — **N° 775 du fonds latin.**

113. Manuscriptum complectens 1°. duos Libros, quorum primus

agit de litteris, de voce, de verbo, de syllabâ, de cæteris cartis et pergamenis, de generibus opusculorum, de orthographia, de etymologia, de glossa, prosa et historia. Secundus agit de Bibliotheca, de Interpretibus, de Trinitate, de Prophetis, de Omnibus Sanctorum Ordinibus, de Clericis, de Monachis, de Festivitatibus, de Officiis, de Ordine Missæ, ann. saltem 700. 2°. Sequuntur Canones Apostolorum, diversique Canones Conciliorum, et Regulæ Patrum : Decreta Conciliorum, Ancirani, Neocæsareæ, Laodicensis, Constantinopolitani et Sardicensis : Decreta Celestini, Gelasii, Clementis, Leonis, et aliorum Summorum Pontificum, in quarto, ann. 800. — **N° 2316 du fonds latin**.

114. Fragmentum cujusdam Gradualis, ann. 700. — **N° 1136 du fonds latin**.

TERTIA CLASSIS,

In quâ Sancti Patres, Authores Ecclesiastici, et Concilia recensentur.

115. Vita Sancti Antonii per S. Athanasium, Sancti Basilii per Amphilochium, Vitæ Patrum ex Palladio, Joannis Historiæ ex Beda, Vita Sancti Pacomii, Sancti Pauli Heremitæ, Malchi, Hilarionis, Fulsæi Abbatis, Sanctæ Mariæ Ægyptiacæ, Joannis Chrysostomi Liber de reparatione Lapsi, ejusdem Libri duo de compunctione cordis, Sancti Ephrem, Libri duo de Beatitudine animæ, et de compunctione cordis ; Admonitio Sancti Basilii ad Monachos, iterum Sancti Hieronymi ; Admonitio ad Monachos, Sancti Isidori Sententiarum Libri tres de vitiis et virtutibus, in folio, annorum 600. **N° 5314 du fonds latin**.

116. Libri Moralium Sancti Grægorii Papæ : avulsi sunt Libri quatuordecim : deest et aliqua pars decimi quinti : qui restant, incipiunt à decimo quinto usque ad trigesimum quintum : adsunt in fine Consuetudines Cluniacenses, ante quas leguntur sex versus qui indicant quemdam Petrum Alez sub Ademaro, Sancti Martialis Abbate, hos S. Grægorii Papæ Moralium Libros conscripsisse, anno scilicet circiter 1065, in fol. — **Tome II du n° 2208 du fonds latin**.

117. Liber Moralium Sancti Grægorii Papæ, à decimo octavo usque ad trigesimum quintum, annorum 500. — **N° 2209 du fonds latin**.

118. Ejusdem Epistolæ numero 205. cum Symbolo ipsiusmet Summi Pontificis in articulo mortis, in folio, annorum 700. — **N° 2279 du fonds latin.**

119. Sermones Sanctorum Patrum; Vita Sancti Joannis Heremitæ et Sancti Hilarionis : plurima Divi Hieronymi Opuscula; Vita Sanctorum Amantii, Basilii, Eparchii et Brendani; Gesta Salvatoris, authore Sancto Athanasio Episcopo Alexandrino; miraculum de Imagine Domini; Vita Sanctorum Paconii (*sic*), Pauli et Malchi, de Vitis Sanctorum Patrum; Beati Nili Dicta de octo Vitiis principalibus, in folio parvo; variis scripturis, ad minus annorum 600. In fine insertum est Instrumentum Dedicationis Ecclesiæ Divi Martialis ab Urbano II. anno 1095. — **N° 3784 du fonds latin.**

120. Homiliæ plurimæ Sanctorum Patrum de Adventu et Nativitate, et pro aliis Festis; Vita Sanctorum Aredis et Brixii; Miraculum Imaginis Beriti; Sermones à Septuagesima ad Ramos, cum Explicatione Passionis Domini; Lamentationes Jeremiæ; Homiliæ in aliquot Psalmos, in fol. annor. plusquam 650. — **N° 740 du fonds latin.**

121. Sancti Leonardi Miracula, cum Lectionario Festorum totius anni, et Instrumento in fine anni 1220. in fol. ann. 600. — **N° 5347 du fonds latin.**

122. Collationes Cassiani, et Historiæ quæ videntur esse Ruffini, cum pervetusto Necrologio in fine, quod indicat nomina defunctorum per duodecim menses, in folio minori, ann. 650. — **N° 2135 du fonds latin.**

123. Exameron Sancti Ambrosii, Libri sex de Paradiso, septimus de Caïn et Abel, nonus et decimus de Adhortatione ad Virginem; undecimus de Virginitate perpetuâ Beatæ Mariæ, duodecimus passio Sanctorum Vitalis et Agricolæ, in quarto, ann. 600. — **N° 2637 du fonds latin.**

124. Sancti Augustini Tractatus 49. Ejusdem septem Libri adversus Epistolas Parmenioni, ann. 600. — **N° 2027 du fonds latin.**

125. Sanctus Augustinus de quantitate animæ; Sanctus Ambrosius de bono mortis, in octavo, ann. 600. — **N° 2699 du fonds latin.**

126. Sancti Augustini Enchiridion, Pastorale S. Grægorii, in octavo, ann. 700. — **N° 2036 du fonds latin.**

127. Sancti Augustini Speculum, in octavo, ann. 600. — **N° 2977 A du fonds latin.**

128. Enchiridion Sancti Augustini, idem de prædestinatione contra Pelagium, ejusdem Altercatio Feliciori, ejusdem Sermo in Evangelium S. Joannis de Baptismo, in quarto, ann. 800. — **N° 2034 du fonds latin.**

129. Idem Augustinus de Doctrinâ Christianâ, in octavo, ann. 600.
— **N° 2704 du fonds latin.**

130. Ejusdem Augustini Liber de Cœnâ Domini usque in finem, Sermones septem, in fol. ann. 600 et ultrà. — **N° 1960 du fonds latin.**

131. Ejusdem Augustini in Epist. Joannis Homiliæ decem; ejusdem, de Compunctione cordis libri duo, de Virginitate liber unus, de Agno Christiano, de Monachis, quædam excerpta, et aliquid ex Sancto Grægorio, liber de Morte, de Anima Defunctorum, Libri duo de Corporum Resurrectione, in folio parvo, ann. partim 600. et 500. — **N° 1969 du fonds latin.**

132. Homiliæ Beleti in festivitate omnium Sanctorum et Gabrielis Archangeli, Lectiones de Inventione Sanctæ Crucis, de Natali Innocentii et Beati Severiani; Sermo de Adventu Domini; item Sermo S. Joannis Episcopi de Innocentibus : tum sequuntur Commentaria (cujusdam Præsbyteri, Claudii nomine, qui suum dicat opus Domno piissimo et inciito... Dructeramno Abbati) in omnes Epistolas Pauli, exceptis ad Romanos et Corinthios. Sequuntur et Beati Augustini Epistolæ ad Paulinum et ad Bonifacium. Ea omnia non eâdem manu, sed annorum 600. ad minus, in fol. parvo. — **N° 2394 A du fonds latin.**

133. Bedæ Præsbyteri super Marcum Sermones aliquot; Tractatus Moralis de pluribus Rebus et Verbis Scripturæ. In cujus fine hæc aliàs legebantur verba : *Adeymarus, indignus Præsbyter et Monachus apud Engolismam Librum hunc scripsi,* in fol. ann. 781. — **N° 2353 du fonds latin.**

134. Collectio Canonum Summorum Pontificum; Epistola Sancti Hieronymi ad Bæticum; aliquæ donationes; fragmentum passionis Sancti Chrystophori, Sanctorum Petri et Pauli, Andreæ, Philippi, Bartholomæi; Vita S. Martialis, SS. Vitalis et Agricolæ, SS. Eventii et Theodulphi; Vita S. Leodegarii, vita Sanctæ Euphrosinæ, Vita Hieronymi et Chrystinæ : passio SS. Cosmæ et Damiani; Inventio Sanctæ Crucis; Vita Sancti Martini per Severum; Vita S. Maximini Abbatis; Homilia de Nativitate Domini, Miracula S. Michaëlis Archangeli, in quarto, ann. 600. — **N° 3851 A du fonds latin.**

135. Vita S. Columbani, per Joannem ejus Discipulum; Passio SS. Mauritii et Sociorum, et S. Laurentii; Homilia Sancti Isidori in Dedicatione S. Michaëlis : Transitûs Sancti Martini Sermones quatuor; Sermo de Conceptione Beatæ Mariæ Virginis : Sancti Augustini Liber Homiliarum ex Patrum Scriptis depromptus, in octavo, ann. 550. — **N° 5600 du fonds latin.**

136. Eusebii Cæsariensis Historiæ Ecclesiasticæ Libri undecim;

Fragmentum ejusdem de Scriptoribus Ecclesiasticis, in fol. ann. 700. et ultrà. — **5072 du fonds latin**.

137. Sermones de Festis, Tractatus de Logicâ, Quæstiones Theologicæ, et Explicatio Locorum Sacræ Scripturæ, de Gratiâ et Libero Arbitrio ; Quæstiones de Ceremoniis et Consuetudinibus Ecclesiæ ; Miscellanea, Tractatus Moralis de Virtutibus et Locis Scripturæ Sacræ, de Passionibus, in quarto, ann. 400 et 450. — **N° 3572 du fonds latin**.

138. Sancti Grægorii Papæ Pastorales, in cujus initio legitur : *Visio cujusdam Fratris, Vita Beatæ Mariæ Ægyptiacæ*, et in fine continuatur, *Visio supradicti Fratris*. In fine adest Instrumentum Petri, vel primi Abbatis Sancti Martialis, ab anno 1053. usque ad annum 1063. ex quo patet codicem hunc esse ann. 700. in quarto. — **N° 2262 du fonds latin**.

139. Tractatus de Dei Attributis, cum Commentariis ; item de Vitiis et Virtutibus, absque initio et fine, in quarto, ann. 400. — **N° 3535 du fonds latin**.

140. De septem Vitiis et Oratione, de Fide, Spe et Caritate, et Judicio ; Tractatus de Virtutibus (fortè D. Bernardi), Sermo Exhortatorius ; de Musicâ et Tonis ejus ; Tractatus Moralis ; Explanatio Cantici Canticorum manca ; Sententiæ septem Sapientum ; de Baptismo, Pœnitentiâ et Eucharistiâ ; de Rebus Logicis, de Cælo ; Sententiæ ex Parabolis et Ecclesiastico Salomonis ; Adjuratio seu Exorcismus contra tempestates, in quarto, annorum partim 600. 500. et 400. — **N° 3713 du fonds latin**.

141. Fragmentum Dialogorum Sancti Grægorii Papæ, suo loco, id est, cum corpore Libri collocatum, ann. 700. — **N° 2268, du fonds latin**, fol. 17-24.

142. Vie de Saint Denis l'Areopagite, vie de Saint Eustate, Vie de Saint Charlemagne par Turpin, pleine de fables ; Traité de la Terre Sainte, le tout vieux Gaulois, in douze, de 300. ans. — **N° 2464 du fonds français**.

143. Tres Libri de Vitâ Contemplativâ, qui videntur esse Prosperi Aquitani ; quædam Declamationes versu et prosâ ; Computus seu Liber de Ratione Temporum ; quædam Explanatio Locorum Sacræ Scripturæ ; Lectiones Officii Beati Joannis. Computus est annorum 700. Quædam in hoc volumine scripta sunt à Bernardo Iterii anno 1201. Reliqua sunt anni 1205. in octavo. — **N° 2770 du fonds latin**.

144. Tractatus de Peccato Adæ, de Incarnatione, Redemptione, de Purgatorio, et aliis nobis ignotis, ob corrosas litteras, in octavo, ann. 400. — **N° 2877 A du fonds latin**.

145. Quæstiones Genesis, Exodi, etc. ex Lib. Confessionum Sancti

Augustini ; Figuræ et Dictiones Scripturæ de Quantitate Syllabarum ;
de Circulis et Signis cæli; Elucidationes Bedæ in Libros Regum ;
Vita Sancti Audoëni ; Breviarium et Martyrologium per annum ;
Fidei Sacramentum explicatur, in octavo, annorum 500. Inibi legitur
Unio Ducatus Aquitaniæ, Comitatùs Marchiæ, et Vicecomitatuum
Engolismensis, Lemovicensis, et Turennæ Regno et Coronæ Galliæ.
— **N° 528 du fonds latin.**

146. Meditationes Sancti Bernardi : Historiæ Sanctorum Sylvestri,
Mauri et Pardulphi ; Liber qui dicitur Salvus et Moralis, de Virtu-
tibus et Vitiis tractans ; Glosulæ Smaragdi super Regulam Sancti
Benedicti ; Liber Historiarum ; Collectio ex Libris Dialogorum Sancti
Grægorii ; Regula Sancti Benedicti ; Regula Canonicorum ex Sancto
Augustino, pro Canonicis Sancti Ruffi, cum Bullà Urbani II. ad
prædictos San-Ruffeanos Canonicos ; Sermones de diversis Festis,
in quarto parvo, ann. 450. — **N° 2941 du fonds latin.**

147. Historia Ecclesiastica, à creatione mundi usque ad Antio-
chum Epiphanem, in quarto, ann. 500. — **N° 5103 du fonds
latin.**

148. Sancti Grægorii Epistolæ de Symbolo ; Eusebii Emissæni,
seu potiùs Gallicani Homiliæ decem ad Monachos, Ejusdem aliæ
plures ; S. Augustinus, de disciplinâ Christi ; Fragmentum S. Grægorii Nazianzeni ; Apologeticus ejusdem ; septem alii Libri de Epi-
phaniâ, in quarto, ann. 600. — **N° 2811 du fonds latin.**

149. Vita S. Joannis Alexandrini per Leontium Episcopum Neapo-
litanum Cypriorum Insulæ ; duæ Historiæ ex Vità Patrum, tres aliæ
Historiæ ex Bedâ, in quarto, annorum 650. — **N° 5601 du
fonds latin.**

150. Collectiones ex diversis ; Hugo de Institutione Novitiorum,
de pluribus Locis Scripturæ sacræ ; Tractatus contra malos Præs-
byteros, in duodecimo, ann. 400. — **N° 3743 du fonds latin.**

151. De Virtutibus et Vitiis, in quarto, ann. 400. Pauca desunt
initio. — **N° 3239 du fonds latin.**

152. De Dialogis Sancti Grægorii Papæ, absque initio ; Vita summorum Pontificum, auctore sancto Hieronymo, ann. 700. Fragmentum sub cottà 141. huic Codici fuit adjunctum. — **N° 2268 du
fonds latin.**

153. Vitæ Sanctorum abbreviatæ per totum annum, in octavo,
ann. 300. — **N° 5640 du fonds latin.**

154. Epistola Domni Syri Monachi ad Odilonem Abbatem ; Vita
sancti Maioli, per eumdem Syrum, Libri tres, et Liber unus de
Miraculis ejusdem ; Vita ejusdem Maioli, per Odilonem, in quarto,
ann. 600. — **N° 5611 du fonds latin.**

155. **Augustinus de Verà Religione ; Sancti Bernardi Apologia**

ad Guillelmum ; Ejusdem Libri quinque de Consideratione, ejusdem de diligendo Deo, ejusdem de Gratiâ et Libero Arbitrio, ejusdem Homilia super *Missus est*, ejusdem Epistolæ ad Nepotem et ad alios ; S. Augustinus, ann. 400. reliqua 300. — **N° 353 du fonds latin**.

156. Tractatus Moralis de Diversis : Sermones seu Loca quædam Scripturæ sacræ explanata linguâ Hispanicâ. De Locis Scripturæ sacræ, Explanatio Latina, in duodecimo, annorum 300.—**N° 3548 B du fonds latin**.

157. De Virtutibus et Vitiis, in octavo, annorum 500. Desunt initium et finis præ vetustate. — **N° 2843 A du fonds latin**.

158. Sancti Grægorii Papæ Epistola ad Joannem Ravennatem ; ejusdem Pastorale ad eumdem, in quarto, ann. 600. — **N° 2799 du fonds latin**.

159. Sermo sancti Leonis Papæ in Quadragesimâ : Responsoria et Antiphonæ de sancta Valeria : sancti Benedicti Regula carminibus exarata : ejusdem Regulæ explanatio per Smaragdum : Capita ejusdem Regulæ, in fol. ann. 700. In cujus fine legitur Instrumentum Donationis cujusdam servi sancto Martiali, sub Ademaro Abbate. Cui Instrumento subscripsit Wilhelmus Episcopus, circa an. 1095. — **N° 2157 du fonds latin**.

160. Bedæ Breviarium de Titulis Psalmorum omnium, ex Cassiodoro excerptum : Sermones in Festo sancti Benedicti, de vana gloria ; sancti Augustini, de igne Purgatorii ; ejusdem, de Verbis sancti Joannis, sancti Pauli Apostoli ; sancti Cypriani, de zelo et livore ; sancti Chrysostomi, de pœnitentiâ : Admonitio sancti Augustini, de pœnitentia in vita et morte : sancti Cæsarii Admonitio de tribus generibus Eleemosinarum : Liber de octo principalibus Vitiis et eorum Remediis : Conflictus Virtutum et Vitiorum : alter Tractatus contra Vitia : duo Libri de Virtutibus : Isidori Junioris peccata propria deflentis, Synonima quatuordecim ; Venerabilis Nilus, de octo Vitiis principalibus, annorum 700.

Ante Tractatum Venerabilis Nili hæc leguntur : *Anno millesimo ducentesimo quinto ab Incarnatione fecit hunc librum ligare Bernardus Iterii, hujus Loci Armarius.* — **N° 2843 du fonds latin**.

161. Flores Cassiani : Disputatio Petri Alphonsi Judæi conversi ad Fidem ; Flores ex Helinando Monacho : Sermones de Figuris Beatæ Mariæ Virginis : Sermones aliqui : Collectanea de diversis Mysteriis, in fol., an. 300, Papyriceus est hic Codex. — **N° 2134 du fonds latin**.

162. S. Hieronymi adversus Jovinianum Libri duo : Apologeticus ad Pammachium contra Jovinianum : Liber de bono virginitatis ad Eustochium : ejusdem Epistola in Eutropium Consulem : ejusdem

Epistola ad matrem et filiam. Sequitur quidam Sermo ad Pastorem : et aliud Scriptum sine titulo, quod his verbis incipit, *Assumpto vero sermone,* et ab amanuensi additur Instrumentum anni 1294. quarto Kal. Aprilis, de correctione Festorum, in quarto, ann. 800. — **N° 2670 du fonds latin.**

163. Hugo Prior sancti Laurentii, de Conversatione Monasticâ : sancti Bernardi Meditationes, in quibus intermixti sunt Sermones, et Preces devotæ, in duodecimo, annorum 450. — **N° 2895 du fonds latin.**

164. Sancti Isidori Episcopi Libri tres de Rebus Theologicis et Moralibus ; Alcuini Liber de Rebus Moralibus ; Epistolæ septem Catholicæ; Expositio Missæ, et alia Moralia, in quarto majori, ann. 900. — **N° 2328 du fonds latin.**

165. S. Isidori Libri duo de Mysteriis Christi ad Florentinam. Juliani Toletani Liber Prognosticorum de Animabus, de Resurrectione, et aliis de novissimis Temporibus. Epistola ad Georgium Hierosolymitanum; Epistola ad Leonem Papam ; Expositio Symboli sancti Athanasii ; Regula Canonicorum. Initio sunt quædam Antiphonæ notatæ punctis, in quarto majori, ann. 750. — **N° 2826 du fonds latin.**

166. Opusculum Translationis sancti Jacobi Apostoli : Adhortationes sanctorum Patrum ad profectum perfectionis Monachorum distinctæ per viginti et unum capita, auctore Aimoino, in quarto, ann. 500. — **N° 5564 du fonds latin.**

167. Liber Sententiarum de diversis piis rebus, ex Scriptura sacra et sanctis Patribus excerptus, in duodecimo, annorum 600. — **N° 2995 A du fonds latin.**

168. Miscellanea. Sermones cum Historiis : Collectanea ex Ambrosio, Hieronymo, Augustino, Grægorio, et aliis : Tobiæ Explanatio : Vitæ sancti Maurilii et sancti Abrahæ Anachoritæ. Gesta Christi apud Pilatum, imperante Tiberio, quæ Theodosius Magnus reperiit Jerosolymis : de diversis Juris Quæstionibus : quidam Sermones de Sanctis, in quarto, annorum partim 600. 400. et 300. — **N° 3454 du fonds latin.**

169. S. Bernardi Speculum Monachorum : Idem de Præceptis et dispensatione; de gradibus humilitatis : Dogma ad Novitios, de vitiis et eorum natura : Doctrina sermocinandi de Sacramentis et Symbolo : Hugo Cardinalis, de gradibus humilitatis, in quarto, ann. 450. — **N° 3640 du fonds latin.**

170. Vita sancti Justi, Miracula sancti Eparchii, Elevatio Corporis sancti Martialis, Revelatio Capitis sancti Joannis Baptistæ, Vita sancti Martini per Severum Sulpitium tribus libris digesta, Revelatio seu ostensio sanctæ Crucis, Passio sanctorum Mauritii et

Sociorum, sancti Hieronymi sermo de Assumptione Virginis, Passio et Miracula sancti Antonini Martyris Apamiensis, Miracula sancti Martialis; Sermo Alcuini de Hypapante, de sancto Mathia, de Nativitate Virginis; cum Tabula Bernardi Itherii Armarii anni 1200. in fol. parvo, ann. plusquam 750. — N° 5321 du fonds latin.

171. Variæ Historiæ ex Vitis Patrum et aliis Locis excerptæ, in duodecimo, valdè laceratum præ vetustate, ann. 500. — N° 5679 du fonds latin.

172. Vita sanctæ Radegundis; Passio Chrisanthi, Dariæ, Nerei, et Sociorum, Callixti Papæ, sancti Pauli, Cirrici et Jullitæ; sancti Chrysostomi Sermo; Vita sancti Germani Episcopi; Passio sanctorum Joannis et Pauli; Passio sanctorum Justi, Bonifacii, Jacobi, Vincentii et Margaritæ; Vita Odilonis Cluniacensis; Sermones aliqui, in quarto, annorum partim 700. et 600. — N° 5351 du fonds latin.

173. Adhortationes Patrum de spiritali Sæculo; sancti Hieronymi Epistolæ ad Eustochium, ad Demetriadem de Antichristo, in quarto majori, ann. 500. — N° 2144 du fonds latin.

174. Tractatus de Avaritia, et Sermones de Festis; scripti à Bernardo Itherii Armario sancti Martialis, anno 1230. Epistola Rabbani Mauri ad Lotharium Imperatorem, et Tractatus de Trinitate; Explanatio Locorum Scripturæ, et Sermones ubi agitur de verbis Christi in Cruce; Historia Theophili Pœnitentis, et plures aliæ ex sancto Grægorio et aliis. Quædam Orationes et Quæstiones Theologicæ : Carmen Exametrum Morale : Tractatus Hugonis de Bonavalle, de Verbis Christi in Cruce : Historia Clerici Sanati, Sermo et Carmen : Antiphonæ et Prosæ, cum plano canendi modo, in octavo, annorum partim 550. 500 et 400. — N° 3549 du fonds latin.

175. Vita Patrum et Dicta : Vita sancti Fursæi, sanctæ Valeriæ : Miracula sancti Martialis : Passio septem Fratrum Dormientium : sanctus Augustinus de Peccato Originali : Tractatus Moralis de Virtutibus et Vitiis principalibus, in quarto, annorum 630.— N° 2768 A du fonds latin.

176. Smaragdi de Variis Patrum Tractatibus Collectiones, sancti Cæsarii Arelatensis Sermones aliqui, ann. 500. — N° 2463 du fonds latin.

177. Tractatus Theologicus de Trinitate, de Scientia Dei et de Legibus : Sermones de Festis : de Quæstionibus Theologicis : Summa Joannis Belleti, de Ecclesiarum Officiis per annum : Petri Lombardi Quæstiones Theologicæ de Attributis, de Prædestinatione, de Nominibus Dei, et Missionibus Divinis, in folio, duodecimi et decimi tertii sæculi. Pauca desunt initio. — N° 3154 du fonds latin.

178. Exempla sacræ Scripturæ, id est, Liber Moralis et Allego-

rïcus, per litteras alphabeti decurrens, magnæ doctrinæ et utilitatis, in fol. an. 500. et 300. — **N° 3333 du fonds latin**.

179. Bernardi Guidonis Episcopi Lodoviensis, Ordinis Fratrum Prædicatorum, quarta pars Speculi Sanctoralis, de Confessoribus et sanctis Virginibus, in fol. annorum circiter 319. — **N° 5407 du fonds latin**.

180. Miracula Beatæ Mariæ Virginis, ejus denique Psalterium, in quarto, ann. 400. — **N° 5267 du fonds latin**.

181. Duo Sermones sancti Augustini, et Tractatus in Joannem de Martha et Magdalena : de Actis sancti Petri Exorcistæ : sancti Isidori Hispalensis Libri Sententiarum, in quorum primo de Rebus Theologicis, in secundo et tertio de Virtutibus et Vitiis agitur : Tractatus de Principum regimine, in quarto majori, ann. 600. — **N° 2026 du fonds latin**.

182. Cassiani Opera, id est, Liber de Institutis Renunciat. et Collationes patrum, in fol. ann. 350. Pauca desunt circa finem. — **N° 2131 du fonds latin**.

183. Membrana complectens Catalogum Librorum qui duodecimo sæculo servabantur in Bibliotheca S. Martialis. — **Pas entré à la Bibl.**

QUARTA CLASSIS

In quâ recensentur Doctores Juris Canonici et Civilis, Philosophi, Medici, Historici, Politici, Poëtæ et Oratores

184. Codex cui titulus, *De Novo Codice componendo*, sine Glossa, ann. 300. — **N° 4520 du fonds latin**.

185. Decretum Gratiani, seu Collectio Quæstionum Juris Canonici, ex Summis Pontificibus et Patribus, in fol. an. 400. — **N° 3885 du fonds latin**.

186. De generibus Argumentorum et fallaciis, cum Sermonibus de Sanctis et Dominicis, ex Sancto Bernardo, Hugone, et aliis Authoribus excerptis, in octavo, ann. 400. — **N° 6674 du fonds latin**.

187. Brandani Peregrinatio ; Anniversaria per annum, Obituaria et Reditus Censuales ; Sermones aliquot ; Tractatus de Eclogis, Versibus et Epistolis ; Explicatio Æneidos Virgilii ; Isagoge in Mora-

lem Philosophiam ; Glossulæ Martini à S. Benedicto super Statium ; Fragmentum Evangelii sancti Joannis commentatum ; sancti Patricii Purgatorium, in quarto, ann. partim 500. vel circiter, et partim 400. — **N° 5137 du fonds latin.**

188. Varii Tractatus de Jure Canonico. Deest initium ; et Resolutiones quarumdam Quæstionum, in quarto, an. 400. — **N° 4273 du fonds latin.**

189. Dialectica seu Logica, in quarto, xiv. sæculi. — **N° 3143 du fonds latin.**

190. Liber Grammaticæ, seu Explanatio Donati, in octavo, ann. 500. — **N° 7570 du fonds latin.**

191. Tractatus Grammaticæ, et de ejus Regulis ad longum Explicatio, in quarto, ann. 500. — **N° 7551 du fonds latin.**

192. Fragmentum Juris Canonici, cum Glossa. Deest initium, deest et finis, in fol. ann. 300. — **N° 4486 A du fonds latin.**

193. De Medicina et Morbis Constantini Monachi Cassinensis super Hypocratem, de Morborum natura et cura, Fragmentum, in quarto, ann. 300. — **N° 6860 A du fonds latin.**

194. Fragmentum Grammaticæ, in duodecimo, ann. 500. — **N° 6675 du fonds latin.**

195. Fragmentum Logicæ, ann. 300. — **N° 7563 du fonds latin.**

196. Collectanea ex Libris Canonum de Fide Catholica et Symbolo : Canones alii ex Sylvestro Papa et aliis : Tractatus de Astronomiâ : Resolutiones quarumdam Quæstionum ex Evangelio : Dogma Fidei : Isidorus de Tonsura clericorum. in quarto, ann. 800 et ultra. — **N° 4281 du fonds latin.**

197. Galenus de sanis et ægris Corporibus : Hypocrates de Morbis acutis : Libri Theophili de Morbis et Remediis, et de natura Herbarum, in octavo, ann. 450. — **N° 7029 du fonds latin.**

198. Liber de Medicina et præceptis ejus et de Herbis ; de Argumentationibus et Definitionibus Logicæ, in octavo. xiv s. In hujus Codicis coopertura leguntur Preces septimo sæculo compositæ. — **N° 7094 A du fonds latin.**

199. Ars Notarii Ranerii Perusiani, ann. 300. Definitiones Arnaldi de Privilegiis Ecclesiarum in acquirendo, retinendo, alienando et exigendo : de Quæstionibus Juris canonici : Tractatus de Logica : Sermones de Festis : de Elenchis seu sophisticis : de Ceremoniis et Officiis S. Martialis, in octavo, ann 350. — **N°ˢ 4036 A et 4720 A du fonds latin.**

200. De præceptis Dei, maxime de Tabulis : de diversis Locis Scripturæ sacræ : de Quæstionibus philosophicis, de Theologicis, de Deo ut causa prima : de Quæstionibus logicis et physicis : de Sacra-

mentis : de Regulis Juris : Glossulæ in Porphirii Isagogen : Tractatus qui videtur esse de eadem re, in quarto, ann. 500. Deest initium. — **N° 3237 du fonds latin.**

201. Medicinæ Liber de Vario Pulsu : de dietis universalibus : Compendium Prognosticorum super librum Hypocratis : Glossæ compilatæ a Stephano de Caneto, quæ sunt de rebus naturalibus, in folio minori, ann. 400. Pauca desunt initio. — **N° 6883 A du fonds latin.**

202. Explanatio psalmorum : Tractatus de Morbis corporis : Tractatus de diversis excerptus Authoribus ; de Rebus naturalibus hominis, de Membris, Morbis, Passionibus : Regulæ Grammaticæ et Rhetoricæ : Carmen morale. in octavo, ann. 550. — **Pas entré à la Bibl.**

203. Codex Decretalium, in quarto, ann. 500. Desunt initium et finis. — **Pas entré à la Bibl.**

204. Vitæ Sanctorum numero 73, in folio quam maximo, ann. 600 et ultra, in quo multa abrasa, et miserabiliter lacerata, tum ob litteras majusculas minio depictas, sed ablatas, tum propter nimiam hujus voluminis amplitudinem, tum maxime propter ipsius vetustatem. — **N° 5365 du fonds latin.**

> Qui se emptores præbebunt, de pretio et pactis certiores facti erunt apud fratres Barbou, bibliopolas, via San-Jacobæa, sub Ciçoniis.

Limoges, imp. V° H. Ducourtieux, 7, rue des Arènes.

www.ingramcontent.com/pod-product-compliance
Lightning Source LLC
Chambersburg PA
CBHW060812180626
46818CB00002B/803